獣狂いの王子様

Ohagi

おはぎ

Ruby collection

Contents

レンウォール・
シュナベルト
獣人の国・ジーン国の国王。最強で賢く美しいパーフェクトな狼獣人。妻に迎えたニアノールのつれない態度が気になっている。
アルエード
リューン国で生まれた時からニアノールに仕えてきた侍従。小言を言ってはニアノールに聞き流される苦労人。
ニアノール・
リューハルト
リューン国の第４王子。常にモフりたい異常な獣好きだが、外交上の理由でジーン国に嫁くことになり、ポーカーフェイスを装っている。

登場人物紹介
ミル
獣嫌いとされているニアノールに自ら護衛を志願してきた狐獣人。従属契約を結んだことで、ニアノールは彼の前では本性を現すようになるが…？
ラント
ジーン国の宰相。エルフの麗人。見た目は若いが、長寿の種族ゆえ、長くジーン国に仕えている重鎮。

獣狂いの王子様

……………やってしまったような気がする。

僕の前には全身の力が抜け、とろけきった獣の姿の狐《きつね》が1匹。

そして、これまた僕の手にはこだわりにこだわった自慢のブラシ。

それらを見て呆然《ぼうぜん》と立ちすくむ、白銀の髪の中にピンと立った耳が特徴の見目麗しい獣人。後ろでは同じく触り心地の良いだろう白銀の大きな尻尾《しっぽ》が見え隠れしている。

特徴的な金色の瞳《ひとみ》が真っすぐ僕を見ているが、僕もまた、呆然と見返すしかなかった。


────事の始まりは、半年前。


「え、僕がジーン国の陛下の婚約者に？」

父である国王に呼び出されたのは、第4王子である僕、ニアノール。珍しい紺色の髪と瞳を持つ。

伝えられたのは獣人国であるジーン国に嫁いで来いとの命令であった。

「ああ、これはもう決定事項だ。異論はないだろうが、お前には言っておかなければならないことがある。分かっているな？」

顔を顰《しか》め、苦渋の決断をしたとばかりに言う陛下。

「もちろん分かっています。僕のコレクションが役に立つ時が来るとは夢にも思いませんでした。思う存分、ジーン国の皆さんを癒して……」

「違う！　馬鹿者！　その狂気的な獣愛を絶対にさらすなと言っているのだ！　その辺の犬猫とは

違うのだぞ！　獣人だ！　それもジーン国は8割を獣人が占め、その圧倒的な武力は帝国すら軽く凌駕《りょうが》する戦闘国だ！　不興を買ってみろ！　我が国などすぐに更地に変えられるぞ！」

僕の言葉を遮り、怒り口調で捲《まく》し立《た》てられる。

「……せっかくの獣人国なのに」

しゅんとなった僕に、ややばつが悪そうになった陛下は、

「お前は、大人しくしていると可憐《かれん》な見目麗しい年頃の青年であるのに、何故《なぜ》中身がそうなってしまったのか……。今、嫁がせることができるのはお前だけなのだ。他は皆、すでに婚約しておるし、あとは5歳になったばかりの幼子だけ。私とてよりにもよってお前を嫁がせるのは、時限爆弾を送るようなもので気が咎《とが》めるのだが……」

すごい言われ様である。誠に遺憾である。

「僕だって王族の端くれです。ちゃんと公私混同しないように弁《わきま》えます。初対面でいきなり耳触らせて下さいなんて言いません！」

「初対面でなくても言うなと言っておる！　そういう所を全て隠し通せという話をしとるんだ！」

胃が痛いとばかりに腹部を押さえる陛下の言葉に、仲良くなれば耳ぐらい触らせてもらえるだろうと楽観的に考え受け流していると、

「……お前を嫁がせるのは決定事項だ。だが、嫁ぎ先で何が起ころうと我が国は下手に介入できん。だから予《あらかじ》めお前のことはジーン国に申し伝えておる。我が国の第4王子は〝極度の獣人嫌い〟だと」

「……………はい？

「いいか、獣人は身内や恋人以外の者に触れられるのを極度に嫌う。殴られ蹴《け》られ、殺されても仕方のないことだと聞いた。それなのに、獣人に囲まれてみろ、お前は近寄らずにはいられぬだろう。そんな狂人を寄越《よこ》したとなれば、我が国は危うい。いくら友好条約を結んでいようと、嫁げばお前はジーン国の者となるのだから、知らなかったでは済まない。最悪、友好条約を逆手に取られて我が国は滅ぶ」

顔色を青くした陛下は、淡々と僕に言い聞かせるように説明した。

「だから、前もってお前が獣人嫌いだと説明しておけば、獣人と関わらないように配慮して下さるだろう」

「なんてことをしてくれたのですか！　僕がどれだけジーン国に行きたかったか、陛下もご存じのはずです！」

「話聞いとったか⁉」

話は聞いていたし、陛下の言い分も理解できる。

そもそも、何故嫁がなければいけなくなったかというと、我が国が山を越えた先にあるブライト王国に攻められそうになったからだ。

我が国、リューン国は小さい平和な国だ。

これといった特徴はないが、作物がよく実る国だと自負している。そして、その豊富に実った作物は、様々な国に流通している。最近分かったことだが、この国はほとんどの民が魔力を持つ。魔法を使うことはできないが、人から土地へ自然と魔力が流れ作物がよく育つのだそう。

それに目をつけたのがブライト王国。うちとは比べ物にならない戦力を持つ軍事国家で、リューン国の肥沃《ひよく》な大地と生産力を、土地を奪うことで我が物にしようとしているのだ。リューン国は戦争などからいつも逃げて大人しく過ぎ去るのを待っているような非戦闘民ばかりのため、どこの国よりも弱い。どこの国からでも、攻められると負ける。絶対に負ける。王族のみでなく、民すらそう自認している国だ。

だから、ブライト王国が攻めてくると分かった時には、すでに白旗を上げる準備をしていた。そんな所へ、突然来訪してきた人がいた。

そのお方こそ、ジーン国の宰相様。獣人、ではない、特徴的な尖《とが》った耳を持つエルフの麗人。金髪の滑らかな髪は、首辺りで綺麗《きれい》に切り揃《そろ》えられていた。

「ブライト王国がこの国に攻め入ろうとしているという情報を掴《つか》み、ぜひ我が国と取引をと、お話をお持ちした次第でございます」

笑顔を崩さず持ち込まれた話は、こうだ。

ブライト王国は獣人に対し非人道的な扱いをしてきた獣人過激派である。今も尚《なお》、攫《さら》われ奴隷として扱われている者もいる。攻め入り、やつらに一泡吹かせたいのは山々だが、国と国との間では簡単ではない。そんな中、理不尽に攻められようとしている国を見つけた。その国と友好条約を結ぶことで、ジーン国がブライト王国を蹂躙《じゅうりん》できる大義名分が欲しい、とのこと。

つまり、ムカつく国に批判されることのない理由を付けて攻撃したいということだ。それに飛び付いたのが私の父、つまり陛下だ。

あれよあれよという間に条約は結ばれ、ブライト王国はそれを知ることなくジーン国に滅ぼされることとなった。そして、それで終わりとはいかなかった。

ジーン国は、獣人の国だ。他の国とも繋《つな》がりはあるが、やはり、差別とまではいかないものの、人間と比べ力が強い獣人は敬遠されがちであった。

それを払拭《ふっしょく》するべく、人間の嫁を取るということに話が繋がる。

他の国との取引や会合等を行う時は、その国の関係者と顔を合わせる必要がある。その時に、獣人の国とはいえ、獣人のみで行くと相手を萎縮《いしゅく》させることもしばしばあるのだとか。

大きな国であれば護衛も精鋭のため、獣人とも堂々と対峙《たいじ》できるらしいが、リューン国のような小さな国では、どれだけ獣人側が小国の素晴らしい技術をリスペクトしても取って食われるとばかりに始終怯《おび》えて話にならないことや、門前払いされることもあると。

そんな時に、人間が獣人側にいれば変わるのでないかと、半ばお試しのような流れで嫁ぐこととなった。

「ニア、お前はポーカーフェイスが得意であろう。ジーン国では常にその顔でいろ。獣人を近付けさせるな」

……無茶をおっしゃる。

攻め込まれることを危惧《きぐ》し、早々に友好条約を結んだ陛下が、条約の中に、リューン国の王族を一人ジーン国に嫁がせること。とあったのを見つけたのは後になってからだったのだ。

あのエルフの宰相のしてやったりという笑顔が思い浮かぶ。

とはいえ条約以前に、ジーン国に言われて否と言えるリューン国ではない。

「良いな、大人しく、くれぐれも大人しくしておくのだぞ！　その間に、私の血族を探し、王族として迎え入れられる者がいないか算段をつける。そして、ニアと交換してもらう。もうこれしかない」

「僕を何だと思っているのですか。そんなふざけた提案がまかり通るのですか？」

確かに、うちの王族は変わっている人も多く、陛下の弟は極度の宝石狂いで、宝石を求めて色んな国を渡り歩いているとか。そして、新種の宝石を次々発見している。今どこで何をしているかは不明だ。

祖父の姉は、極度の鳥狂い。曽祖父の弟は極度のチョコ狂い。高祖父の兄は……。といったように、我が王族の家系は何故か、何かに特化した狂人になる者が世代に一人出てくる。

そういった者は、王族として過ごすのは窮屈だと早々に王位継承権を放棄し、王族としての地位も権威も捨て、出て行くのだ。

だから、リューン国の血筋はあちらこちらに散らばっている。こんな常識が外れた王族がいるのはどこを探してもリューン国だけだろう。

確かに、探せば見つかると思う。だが、見つけ英才教育を施したとして、やっぱり交換しろと言ってまかり通るのか……。

「……あ、だから獣人嫌いって言ったのですね」

「そうだ。ジーン国とて、獣人を嫌っている者を国に置いておくのは忍びないであろう。まぎれもなく王家の血筋であることが証明されれば、その者でもいいはずだ。だから、それまで、絶対、絶対にその性質がばれないようにしろ！」

納得できず、ムスッとした表情を隠すことなく頷《うなず》く。そんな僕に苦笑し、頭を撫《な》でてくる陛下。

僕だって、自分の生まれ育った国が危険にさらされるのは避けたい。でもそれ以上に獣人ばかりの国で、己を押し殺して生活するのはストレス極まりないことが想像できる。

今だって、王宮以外では獣愛を抑えているのだ。

「……僕も早く外に行きたいな」

この国では成人は18歳。僕は今16歳。

成人すれば、外に出るのも自由、王族とし政務を行うのも自由。外に出れば、僕は王族ではなくなる代わりに、好きに生きることができる。

獣を愛《め》で、世話をし、獣に囲まれた家で過ごすのが僕の夢だ。

「ニア、数年で片を付けると約束しよう。それまで、くれぐれもジーン国で大人しくしていてくれ。いいか、くれぐれも、だぞ」

慰めてくれているのか、念を押したいのかどっちだ。僕の信用度が窺《うかが》い知《し》れる。誠に遺憾である。

――そして、遂《つい》に獣人の国、ジーン国へと嫁ぐ日がやってきた。

獣人、獣人、獣人。嫁いできた人間を一目見ようと、馬車の周りはジーン国の民で溢《あふ》れていた。そんな民の頭には、ピコピコと動く獣耳。柔らかそうな毛質の者、硬く艶《つや》やかな毛質の者、様々な獣耳で溢れている。

獣人嫌いであることを配慮され、馬車内は僕と侍従のアルエードのみ。輿《こし》入《い》れする日、ジーン国から迎えの馬車が来たことには驚いた。それも、迎えに同行してきたのは獣耳がないサメの獣人だった。名残として、手には薄《う》っすらと水かきがあるのを見つける。

「この度は、我が国へ来ていただくこと、誠に感謝致します。獣人嫌いと伺っておりましたので、見目では分かりにくい私、シェーンが、お迎えの同行者として一任されました。どうか、ご容赦いただけると幸いです」

丁寧に話され、頭を下げられた時、獣耳が見られるかもしれないと期待していただけに、内心がっかりしたのは秘密だ。

嫁ぐ日が近付くにつれ、わくわくが止まらず、何度も持って行くスーツケースを開けては思いを馳《は》せたものだ。

「こちらこそ、不遜《ふそん》な申し出であるにも拘《かか》わらず配慮していただいたこと、感謝しております」

笑みは浮かべず、淡々と話すことを意識し、表情を動かさないよう耐える。

「……あの、差し出がましいようですが、荷物はどちらに？」

少し不思議そうに尋ねられるも、

「これだけです。これは僕の命よりも大切な物。これは僕が運ぶので、お構いなく」

スーツケースを侍従のアルエードに渡すことなく手に持つ僕に、シェーンは表情を変えることなく、馬車へとエスコートしリューン国を後にしたのだった。

そして、先ほどの情景へ戻る。

「耳、耳がいっぱい……。あれは豹《ひょう》だ、あ、あれはビーバーの獣人では？」

馬車に目隠しがされているのをいいことに、食い入るように外を見つめ興奮を隠さず目に焼き付ける。そんな僕に、冷や汗をかくアルエード。

「ニアノール様、陛下からのお話を思い出して下さい。もう王宮に着きます。獣狂いは隠して下さいね？　ね？」

「……もう！　心配しすぎ！　王宮に着いたら、もう見られないかもしれないんだよ！　あんなに……あ、あれ子どもじゃない!?　見て、アル！　可愛《かわい》い！」

母親らしき人に抱かれている小さな猫の獣人３匹。小さい子どもの頭にはピコピコと同じ動きをする耳が生えている。

「可愛いね～。頭に顔を埋《うず》めたい……」

「ニアノール様！」

話を聞く気がない僕に、顔色を悪くしながらアルエードが言った時、馬車が止まった。数秒後、ドアをノックされ、開かれた先には。

……すごい緑。小さな森のように、背丈が低い木が周囲一面に生え、草花が綺麗に整えられている。

王宮の周囲は見事な自然で溢れていた。

王宮の扉が開かれ、その先には。

「……遠路はるばるご苦労だった。ジーン国第5代目国王、レンウォール・シュナベルトだ」

白銀の髪とその中にピンと立つ耳、後ろでは同じく白銀の大きなふさふさとした尻尾《しっぽ》が見える。

冷たさを感じる金色の瞳《ひとみ》で、僕を見据えそう言い放った。

……イケメン獣人だ。

「リューン国第4王子、ニアノールと申します。ジーン国は我が国にとって恩人です。力添えいただきましたこと、改めて感謝申し上げます。不束者《ふつつかもの》でございますが、よろしくお願い致します」

切れ長の目、薄い唇、180㎝は超えているだろう長身、見ただけで分かる均整の取れた身体《からだ》、人間でもここまでの美形はなかなかいない。それに加えて美しい獣耳に尻尾！

心の中は何人もの僕がティーカップを不作法にも乾杯し音を鳴らし合っている。

……何て美しい獣人！

それでも、表情は動かさず、金色の瞳を見つめ返し返答する。アルエードがそんな僕に尊敬の念を含んだ目で見てくるのが分かった。

……ばれるからそんな目で見てくるんじゃありません！

まぁ、大方獣人嫌いなのにちゃんと面と向かって発言できていることに感動しているとか、都合よく受け取ってくれるだろう。

そして、そんな僕に、

「ニアノール、あなたは私の伴侶《はんりょ》となるが、しばらくは婚約者として暮らしてもらう。不便なことも多いだろうが、何かあれば侍従に言うといい。では失礼する」

僕を見下ろしそう言ったレンウォール陛下は、さっさと踵《きびす》を返し出て行ってしまった。

……もしかして歓迎されてない？

首を傾《かし》げそうになったが抑え込んで、部屋に案内してくれる侍従の後に続いた。

ここでの侍従は、白のレース帽を被《かぶ》り、耳が見えない。スカートだからか、尻尾も見えない。こうして見ると、普通の人間のようだ。

「こちらでございます」

案内されたのは、細やかな装飾が至る所に施された広々とした部屋。

「案内ありがとう。戻って良い」

目を合わさず、侍従に言い放つと頭を下げ部屋を出て行ったのを目の端で捉《とら》えた。足音が遠ざかっていくのを聞き届けた後、

「ねぇねぇ、見た⁉　レンウォール陛下、すっごい美獣人！　あの尻尾絶対ふわふわだよ！　あ〜ブラッシングしたい〜」

鼻息荒くアルエードに詰め寄る。

「落ち着いて下さい、ニアノール様！　それより、さすがでございます。この調子で、くれぐれもお願いしますね、ね！」

……せっかくの気分が台無しになるようなことを言われて僕は激萎《な》えです。

ムスッと口を尖《とが》らせて、拗《す》ねていますアピールでアルエードを睨《にら》む。すると、そんな僕にじわじわと顔を赤くしたアルエードは、

「……うっ。そんな顔で見ないで下さい！　私は坊ちゃんを思って……！　ま、まぁ、私しかいないところでしたら、存分に話を聞きますとも、ええ」

咳払《せきばら》いをしたアルエードがそう言い放った瞬間、僕はそれから3時間ぶっ通しで実際に見た獣人について語り続け、夕食を知らせるドアのノックにアルエードがすぐに反応したのは言うまでもない。

——案内された部屋での夕食は、僕一人だった。傍《そば》にいる侍従も先ほどの者。

……これは徹底的に獣人を配置しないようにされているな。

顔には出さずとも、心は落胆の嵐だ。何人もの僕がティーカップの中の紅茶を溢《こぼ》している。そんな僕にチラチラと気遣うような視線を向けるアルエードは、ちょっと分かりやすすぎるんじゃないかと思う。

夕食を済ませた後、部屋に戻るとドアをノックする音が聞こえた。もう休むからとアルエードは下がらせている。不審に思いながらも、ドアを開けると、そこに立っていたのは黄金色の髪を持つ狐の獣人が微笑《ほほえ》みを浮かべ立っていた。

「……何か用？」

無表情で聞く僕に、気分を害した風もなく、その獣人は言った。

「夜分にすみません、僕はミルワードと言います。ミルと呼んで下さい。ご相談があるのです。あ

なた様が獣人嫌いということは承知しておりますが、どうか話を聞いていただけないでしょうか」

獣耳に目がいきそうになるのを堪《こら》え、揺れている尻尾を目の端に捉えながら頷いた僕に、彼の目の奥が少し揺れたのが見えた。

獣人嫌いの僕が、まさか部屋に招き入れるとは思わなかったのだろう。でも言わせて欲しい。

獣人の国に来たのに、見られたのは馬車内で遠目でだけ！　美獣人の陛下は5分も観賞できずすぐに退室！　他の獣人は耳も尻尾も隠され普通の人間にしか見えない！　きっとこれを逃せば、リューン国に帰るまで獣人を思う存分見られる機会はないに違いないと悟ってしまったのだ。

王族として来ていることは百も承知。

でも、それでも、今日1日で悟ってしまった事実は僕には耐えがたい。もう一度言う。耐えがたいのだ。

一歩、王宮から出れば獣人で溢れているのが分かっているのに、行けない現状。今思えば、自国では王宮内であれば、飼っている猫も犬も馬もナマケモノもウサギも、その他の子たちだって、愛《め》でて吸えてお世話できたから、外では我慢できたんだ。

でも、ここではどうだ？　何もできない！　何も愛でられない！　狂人と呼ばれるのは不本意極まりないが、もう狂人でもいい！　我慢できる狂人なら、そもそも王族を辞めたりしない。先人たちが、我慢できず外へ飛び出した気持ちが、痛いほど分かってしまった。

1日で我慢の限界を悟った僕を訪ねてきた狐獣人。こんな飛んで火にいる夏の獣、逃すはずがなかった。

ポーカーフェイスを貫きつつも、内心はこの獣人を捕らえるにはどうしたらいいだろうと危ない思考で埋め尽くされている僕は、ミルをソファへ促した。

「……えっと、不躾《ぶしつけ》な訪問にも拘わらずありがとうございます」

少し戸惑っているのが分かる。獣耳の動きが少し速くなった。可愛い。

「社交辞令は結構。本題に入って。話って何？」

若く、顔立ちからおそらく同い年ぐらいだろうミルは、獣人だからか僕より遥《はる》かに体格が良く、身長も１７０㎝以上はあるだろう。

僕は、理由はあれど身長は１７０に満たず、華奢《きゃしゃ》な方だ。愛でて撫でまわしたいが、拒否されると力負けするのは明白。それ以外の方法もあるにはあるが、他国でばれずにするのは骨が折れそうだ。僕がそんなことを考えているとは思いもしないであろうミルは、

「僕を護衛として傍に置いて欲しいのです」

自ら僕の手に飛び込んできた。

「分かった」

「………え？」

大いに戸惑っているのが分かる尻尾の揺れ具合である。可愛い。

二の句を継げることができず、口を開けては閉じるミル。耳も聞き間違えかとピンと僕に向いた。可愛い。

「圧倒する戦闘力を誇る獣人の国であっても、敵対する国も多いと聞く。今は正式な伴侶でないこ

とをいいことに、ジーン国の鼻を明かしたいだけの下らない連中にとって、王の婚約者の立場の私は格好の獲物となるのだろう。そうなると護衛が付くのは当たり前だ。しかし、私が獣人嫌いを公言しているとなれば、傍にいられる者は限られる。王宮直属の騎士は獣人色が濃いと聞くからそれは除外して、その中で戦闘力も優れている同年代ぐらいの者であれば、まだ可能だと踏んで君が選ばれたのだろう。もしくは私と同年代の者で、戦闘力と諜報《ちょうほう》活動において優れた者が君しかおらず、抜擢《ばってき》されたか？　いずれにせよ、陛下の考えがあっての人選であれば、いくら獣人嫌いといっても多少の我慢はするよ」

恐ろしいほどスラスラと口から流れる僕の言葉に、ミルが息を呑《の》んだのが分かった。僕だって王族の端くれだからね、世界情勢もその背景も、ちゃんと理解しているよ。

「……はい、おっしゃる通りです。今、動ける者が僕しかいなくて、断られたら視界に入らないように配慮しての護衛となる手筈《てはず》でした。もちろん、何かある前に対処させてもらいます。これは本当に、念のためといった配置でしかないのです」

私の話に圧倒されてしまったミルは、しどろもどろにそう話した。

あ〜可愛い。毛が少し逆立ったのが見えた。可愛い。ブラッシングして元の毛並みに戻してあげたい。

「それでですね、あの、僕と隷属の契約を結んでいただきたいのです」

……はい？

首を僅《わず》かに傾げた僕を見て、少し顔を赤らめたミルが、とんでもないことを言い出した。一般人が軽く行う隷属の契約と、僕が行う契約とはわけが違ってくる。それは、どうしたって僕が優位になることが前提となるのだ。

「……何故契約を結ぶ必要があるの？」

目的が分からない契約は、不用意に結ぶものではない。理性が少し勝り、ワンテンポ遅れて問う。

「いえ、あの、獣人と契約を結ぶのはお嫌でしょうが、結んでしまえば僕はあなたに害を為《な》すことは不可能となります。そうなれば、傍にいても少しは安心できるかと……」

なるほど、この子はどうやらすごくお人好《よ》しらしい。確かに、隷属と名前が付くとはいえ、その実とても簡易的な契約だ。僕がひ弱に見えている者からしたら、確かに契約をという流れになってもおかしくはない。

……ならば、断る理由は全くない。獣人であるミルの方が契約を望んだのだ。隷属の契約？　もちろん、ウェルカムだ。踊り出したいぐらいの申し出だ。どん底にいた僕の心は一瞬で高く舞い上がった。

「そうだね、心遣い嬉《うれ》しいよ。契約を受けよう」

ポーカーフェイスを貫き了承した僕に、ミルは安心したように笑った。僕も高らかに笑い返したい。よくぞ来てくれた、君は僕の救世主だ。獣人万歳、契約万歳。

そして、用意されていたブレスレットを渡される。

隷属の契約は、魔術が付与された対のブレスレットかピアス、ネックレスなどが一般的に使われる。そこには予め、契約内容が刻まれている場合が多い。

この世界、魔法を使用できる者はほんの1％にも満たない。対して、魔術は魔力を持つ石、魔石があれば誰でも使用可能だ。ただ、良質な魔石は貴族や王族しか持てず、数が極端に少ない。小さな魔石はゴロゴロ見つかるが、それでできるのはせいぜい生活を助けてくれる程度の魔法。火を少し出す、そよ風を吹かせる、重たい物を数キロ軽くするなどの微々たるものが限界だ。

その中で、隷属の契約に使用される対となる物には、相手を害さない、相手を守る、相手の生存を知らせる、等の一つの付与のみが刻まれた物が多い。

大方、今回使用されるのはミルワードが僕を害さないことを約束するものだろう。

……それだけで終わらせるわけがない。

僕の心の中ではたくさんの僕が小躍りしている。ティーカップなど放り出して、テーブルの上で歌っているほどだ。笑いが止まらない。表情を動かさないようにするのに全神経を使う。

僕とミルが、互いにブレスレットを着けた、その瞬間。

「§ΘΣΦζΩΨθБρ………」

僕が口を開き呪文を唱えたことで、ミルの目が大きく見開いたのが分かった。

互いのブレスレットが光り、それぞれの腕に密着するように大きさが変化する。

「あの、今のは一体……!?」

動揺を隠しきれないように、ミルが立ち上がり、僕と自身のブレスレットに目が行き来する。そんなミルに僕は、

「やった――――!」

立ち上がり、万歳の姿勢でミルに突撃。ぎゅっと僕より厚い身体に腕を回し、そして、そのまま尻尾《しっぽ》を毛並みにそって撫《な》で上げた。

「キュウッ！」

小さく声を上げたミルを胸から顔を離し見上げると、顔を真っ赤にして僕を見下ろしていた。獣耳は、ピンと立ってはいるが僅かに震えている。可愛い！

「な、な、な、何を……!?」

どうしたらいいのか分からないのか、はたまた契約に害さないとあるからか、固まり手を上げて僕を突き飛ばすこともしないミルに、

……おや、押せば何でもさせてくれそうだ。

我ながら下衆《げす》のような考えが頭を占めてしまった。

「ふふ、あはは、あははははは！　可愛い！　ミル、可愛いね～」

僕は今日1日で思っていたよりストレスが溜《た》まっていたのだと自覚した。それが爆発すれば、そりゃこうなるよ。僕だってこんなに自分が堪え性のないやつだとは思ってなかった。

でも、ミルが僕のものになったから。父上、安心して下さい。何とかやっていけそうです。

頭の中の父上は、わーわー何か喚《わめ》いている気がするけれど、至福を味わっている今の僕には何も聞こえなかった。

僕は、ソファに寝転び、全身を脱力させ、うっとりと目をとろけさせているミルの頭に生えている獣耳を、絶妙な力加減でマッサージしていた。

柔らかく、若いだけあって艶《つや》やかな毛質。耳は温かくて時折ピルピルと気持ち良さそうに動くのがたまらない。

……可愛い。何だこの生物は。可愛すぎない？

僕は夢中で耳をいじり倒した後、腰が砕けた様子のミルを横目に、唯一持参したケースを開けた。

その中の一つを手に取り、一言。

「……もっと気持ち良くなりたくない？」

ミルの目の前にしゃがみ込み、上目遣いで首を傾げて問うと、顔を真っ赤に染めたミルは頭が回っていない状態で、僕の言葉に頷《うなず》いてみせた。

それから僕は、充実した日々を送る。日中は、ジーン国の歴史や、市井についての勉強、獣人とはいえ、役職に就く者たちの紹介、夜になれば……。

ミルが部屋を訪れ、僕の気が済むまでブラッシングにマッサージ、でもまだ吸わせてもらえない。

その獣耳に鼻を突っ込んで、思いっきり吸い込みたい。でもそれだけはって拒否された。

どれだけおねだりしてみても真っ赤な顔で首を横に振るミルに、口を尖らせながらも手は尻尾《しっぽ》のブラッシングを止めない。

……隷属の契約、それに勝手に契約内容を追加した。僕がミルに行うことは一切他言無用、ただし精神的、身体的苦痛がないものとする。これだけだ。小さい魔石が使用されたこのブレスレットではこれが限界。

それでも、他言無用というだけあって何をしてもばれることがない。それに、夜に来ると言っても、侍従であるアルエードも部屋にいるため不貞を働いているとも思われない。

契約を結んだ翌日、アルエードに話すと顔を真っ青にして倒れかけてしまった。

しかし、我が侍従は順応性が高い。その夜、生き生きとミルを触りまくる僕を何も言わず見守ってくれた。遠い目をしていたのは気になるが、アルエードを気にする時間も惜しい僕はせっせとミルに奉仕したのだった。

そんな充実した毎日を送っていたある日、夕食に呼ばれて行くと、すでに着席しているレンウォール陛下に一瞬足を止めそうになった。

金色の瞳《ひとみ》が、僕を射抜く。

「……レンウォール陛下、ご機嫌麗しゅうございます」

顔を引き締め、挨拶《あいさつ》の礼を執った僕に、陛下は立ち上がり、ズカズカと歩いて来たかと思うと、僕の目の前まで来て手首を握り引き寄せるように身体を近付けた。

「……陛下？」

ふぁあああああ！　目の端に美しい尻尾が見える！　近い！　美獣人が眼前に！

心の中は大いに荒れ狂う。美獣人の過剰摂取は獣狂いにとってはもはや毒である。心臓がドクドクと激しい音を立て、全身に血液が回っているのを感じる。

「……なるほど、確かに脈が速くなったな」

すぐに腕と身体はそっと離された。一体何がしたかったのか理解できなかったが、ありがとうございますとぜひ言いたい僕である。

「ミルは毎晩、君の部屋に訪れていると聞いた。彼は善人だと断言できるが、見目も分かりやすいほどの獣人だ。私が近付いただけでそれほど脈が速くなるのなら、獣人に対し苦手意識があるのは事実だろう。……ミルは、君にとって特別なのか？」

……当たり前に特別ですが？　彼がいなければ僕は王宮を脱走して所かまわず獣人を襲っていただろう。だから、この国の救世主と言っても過言ではない。この国を救い、僕も救い、僕が救われることでリューン国も救っている。むしろ天使なのでは？

「同年代の彼は、市井についても詳しく、話も合いやすいのです。適切な距離を取っていただいているので、同じ部屋にいても苦にはなりません」

なんて、心の声は出せないので、しっかりそれなりの答えを出す。

「なら、私とも距離さえ取ればミルのように共に過ごすことは可能なのだな？」

……喜んで！　と声を大にして叫びたい返答いただきました！　陛下からの美味《おい》しい申し出、断る訳がない。むしろお願いしますと頭を床につけたい所存。

「陛下が望むことを私が拒否する謂《いわ》れはございません」

あくまで表情筋を動かさぬよう、そう答える。

「では、明日の夜に君の部屋へ行く。今日はまだ仕事があるのでこれで失礼する」

そう言い放つと、陛下は内心呆然《ぼうぜん》としている僕を置いてさっさと出て行ってしまった。他の侍従もいるため、何事もなかったかのように夕食を済ませ、早々に部屋へと戻った。

扉を閉めた瞬間、陛下に言われた言葉が蘇《よみがえ》り一気に興奮状態になる。

「明日、明日に陛下来るって！　眠らせたらちょっと尻尾触れたりしないかな？」

「何を言い出すのですかあなたは！　そんなの犯罪ですよ！　相手はジーン国の陛下なのですよ!?　冗談でもそんな畏れ多いこと言わないで下さい！」

泡を吹きそうなほど、血の気がなくなった顔でアルエードが慌てふためいている。

……冗談だよ。さすがに睡眠薬を獣人に盛るのは難しいって僕でも分かるよ。呆《あき》れた目をアルエードに向ける僕に、

「……坊ちゃん、私と坊ちゃんの考えに差異があるように感じるのですが？」

ジト目を向けられるが、僕は首を傾げる。何はともあれ、レンウォール陛下が明日来るんだ……。あの白銀の毛並みは、どんな手触りなのだろうか……。うっとりと想像しながら、目を閉じていると、ドアをノックする音が響いた。

僕は、来たであろう癒しの彼を、嬉々として部屋へ招き入れたのだった。

そして、レンウォール陛下来訪当日の夜。僕はそわそわしながらドアがノックされるのを今か今かと待ち構えていた。

さすがに、ミルの時のようにぽんぽんと僕に都合の良いようになるとは思ってはいない。

……とはいえ、あれほどの美獣人が訪ねてくるのである。ドキドキわくわくキャピキャピするのは当然だ。

……まぁ、陛下が訪ねてくるのは一応婚約者だから、ある程度仲良くなっておかないとということなんだろうけれど。

忙しいのは事実だろう、そこは僕も王族として理解できる。その上に獣人嫌いとされている僕。忙しい合間を縫って私的に会いに来るのも憚《はばか》られたのだろう。

正式な場であれば王族としての仕事で会えるが、仲を深められるかというと無理だ。やはり、仕事だからという気持ちが勝ってしまう。それは恐らく、陛下も同じ。だからこそ、私的に会う機会を設けられたのだろう。

ここで暮らしてみて、色々と僕に気を遣ってくれていることは良く分かっている。

……あ〜でもそれらを抜きにしても楽しみすぎる。何時間でもいてくれていいんだけどな。何ならお疲れだろうし寝てくれないかなぁ。

そう考えている時、来訪を告げる音が鳴り響いた。

侍従のアルエードが扉に近付き、静かに開ける。入ってきたレンウォール陛下は、いつもとは違い、少しラフな服装をしていた。

「お忙しい中、お時間を取っていただきありがとうございます」

「畏《かしこ》まらなくて良い。私の都合でこのような時間になってしまいすまない」

立ち上がった僕を見たレンウォール陛下は、座るように促し、彼も僕の向かいのソファに腰を下ろした。僕たちが座るソファの間にはテーブルが置かれており、距離は遠い。

「……ミルとは、毎夜話を？」

レンウォール陛下から切り出されたのは、ミルの話だった。

「ええ。私はまだこの国について知っていることは極僅《わず》かです。ミルは平民の出と聞きました。自国でも民の声を聞く機会はあまりなかったものですから。色々と市井のことを話してくれています」

……獣に対し、狂人的な熱量を上げていると知られるや否や、すぐさま王宮内に隔離された幼少期を思い出す。

父上の説得も虚《むな》しく、隔離され飼い猫を撫でられないと分かった僕は扉を破壊し、泣きながらあちこちの物を倒し、落とし、壊し、王宮内を滅茶苦茶にしたものだ。

ようやく飼い猫を見つけた時、抱えて王宮の外に脱走しようとしたところで捕まってしまった。そこで改めて僕は獣狂いだと確信を得たのだとか。

『……勉強をせず宝石ばかり研究していた弟から、全ての宝石を取り上げた時の行動と同じだったのだ』

疲れ切った表情でそう言ったのは僕の父上。

そこからは徹底的に王宮外での対応や表情の作り方、仕草、目線の動かし方などを教え込まれた。その代わりに王宮内では獣狂いを隠さなくて良いとの約束を取り付け、割と自由に過ごさせてもらった。

今もその教育は活《い》かされ、表情を変えることなくレンウォール陛下に言葉を返せている。

「……そうか。君はとても優秀だと聞いた。新たな知識もすぐに吸収し的確な質問をしてくると」

真っすぐ見つめられているのが分かるが、僕はあえて目線を陛下から外しながら会話をする。

というか、めっちゃ見られているのだが？　全身を隈《くま》なく観察されている気がする。僕だって見たい！　陛下の全身を舐《な》めるように見たい！　でも獣人嫌いで通している僕が、嬉々としてすることじゃないと理性が僕をぶん殴って止めてくる。

それに、ずっと来てみたかった獣人の国だ。そりゃもう貪欲《どんよく》にこの国のことを貪《むさぼ》り食い尽くす勢いで勉強させてもらってますとも。

「畏れ多いです。それに、扱いにくいだろう僕を、皆さんとても気遣っていただき申し訳ない中でも安心して過ごさせてもらっています」

……あぁ～。ふさふさと柔らかそうな毛をなびかせた尻尾が目の端でゆっくり揺れている。願わくは、その尻尾に全身で抱き着きたい。

拷問か？　こんな極上の毛並みの尻尾が、同じ部屋で少し近付けば触れられる距離にあるというのに。その尻尾を顔に思いっきり叩《たた》きつけて欲しい。

揺れている尻尾から毛が抜けたりしてないかな。その毛は新しいコレクションに加えよう。そうだ、陛下が帰った後、隈なく部屋内を探さねば。よし、大丈夫、僕の秘蔵コレクションが増えるんだから、今は我慢だ。

ゆっくり、気付かれないように慎重に深呼吸した僕に、

「やはり、怖いか？」

静かに問われた。

「……いいえ、怖くはありません」

怖いわけないだろう。こっちはあなたの愛らしさに悶《もだ》え苦しんでるぐらいなんだ。何だ、その質問は。全身を撫《な》でまわされたくなければ不用意な発言は止めて欲しい、切実に。

平静を装い答えた僕に、何を思ったか陛下は立ち上がると僕の座るソファまで歩き、あろうことか人一人分を空けた距離に座った。

僕は、思わず身を硬くし、覗《のぞ》き込むように前屈《まえかが》みになる陛下に顔を少し俯《うつむ》けさせた。

……何してるのこの人!? 陛下の貞操の危機だよ、アルエード! お前も固まってないで、どうにかしてくれ!

内心、荒れに荒れた心情を顔に出さないことに必死になる。落ち着け、落ち着けと、心の中の何人もの僕が互いに紅茶を溢さないようにティーカップを両手で持ち縮こまる。

「すまない。怖がらせたいわけじゃないのだ。ただ、これから婚約者として隣にいなければいけない時もあるだろう。少しずつでいいから、私にも慣れていってくれないか」

陛下のご尊顔が視界に入り、それとともに見える獣耳。近い！

キラキラと毛並みが光を反射しているのが分かる。白銀がきらめく美獣人……。何か良い匂いもするのですが!? 吸い込もうと呼吸が荒くなりそうなのを抑え込む僕の忍耐力を褒めて欲しい。何だこれは。拷問か？

「……陛下、私も王族の端くれです。国のためとあらば、この身を捧《ささ》げる覚悟は持っております。

お気遣いいただかなくても、陛下の望むままに命じて下さいませ」

僕は少し動揺していたのだ。ミルや他の獣人たちが天使なら、レンウォール陛下は神様だ。この神々しいまでの美しい毛並み、毛質、色、全てを併せ持ち、顔の造形も完璧《かんぺき》とあれば、それはもう人ならざる存在が造り給《たも》うた芸術品だ。

「そうか、ならば少し触れてもいいか？」

僕が答える前に、陛下の長く美しい指先が僕の髪に触れた。

爪が人とは違い、鋭く尖《とが》っているのが分かり、飼い犬を思い出す。長くなる度に爪を切り、やすりで整え、ついでに肉球を吸わせてもらったものだ。あの香りはどうも癖になる。嫌がられない範囲で暇があれば吸っていた肉球。陛下の手も肉球のような柔らかさなのだろうか。

あまりの距離の縮め方の衝撃に、現実逃避という名の思考で霧散させる。僕が嫌がっていないと判断したのか、陛下の手は気付けば僕の頬へ、頬から首を撫でてきた。

「へ、いか」

くすぐったさもあり、少し上ずった声が出てしまった僕に、陛下はピタリと手の動きを止めた。

「……今日は、もう遅い。明日、また来る。時間を空けておいてくれ」

少しの間があった後、陛下はそう言って立ち上がった。僕も慌てて立ち上がり了承の言葉を口にする。陛下はそれに頷《うなず》くとすぐに長い脚を動かし、扉へと進んでいった。

足早に立ち去った陛下の姿が見えなくなり、扉が閉まった後、僕はボスッとソファに身体を沈み込ませた。

「ニアノール様、よくぞ、よくぞ耐えられました……！」

ずっと部屋内にいた役立たずのアルエードが僕に賞賛の言葉を口にする。そんな侍従に僕はクッションを投げつけた。

「痛っ！　いやいや、ただの侍従の私が陛下に物申すことなんてできませんよ！」

僕の言いたいことは察していたらしい。でもそれ以上に、僕は陛下の姿を思い出してほうっと息を吐いた。

……あの滑らかな毛並み、ブラシを通して整えると更に美しくなるに違いない。あぁ～あの光を反射した毛質、もうこんな美獣人と知り合う機会なんてないに違いないのに、数年経《た》てば僕は自国に帰らなければならない。

そう思うと悲しくなってくる。

もう今日は夜も更けており、誰も来ないだろうと表情を緩め、しくしくと泣き真似《まね》をする僕に、

「坊ちゃん。ほら、もう寝ますよ。明日の朝はジーン国におけるマナーレッスンがあるんですから」

空気の読めない侍従がせっせとベッドを整え言い放ってくる。泣いている主人に対して血も涙もない侍従である。

陛下はそれから、毎夜とまではいかないながらも、時間を見つけては僕の部屋へと足を運んでくれた。

その度に、僕の髪を触り、頬を触る陛下。挙句の果てには唇に指をそっと添えられた時、さすがに肩が震えた。

僕だって健全な男の子なのでね、陛下にその気がなくてもちょっといやらしいというか煽情《せんじょう》的に触れられると、心の内の何人もの僕がティーカップを落とし発狂してしまう。

「嫌悪感はないのだろう？　くすぐったいか？」

人一人分空いていたはずの距離はすでに詰められ、太ももが触れているほど近い。目線を外すにしたって限界がある。チラチラと見える獣耳も尻尾《しっぽ》も、その獣人特有の指も爪も、視界に入っては誘惑してくる。

陛下の距離の縮め方がおかしい件について。いや、僕としてはウェルカムなのだ。本当に、全然嫌悪感などない。というか獣人に対し嫌悪感など持たない。誰だってウェルカムだ。

だがしかし、触れられるだけで僕からは触れられないのは、いささか不公平ではなかろうか。歯を食いしばり、横目に見える尻尾を眺める日々。いや、辛《つら》いのだが……？　触られるなら、僕だって触っていいのでは……？

だが、その思考に至った時、アルエードが僕の視界で、ある物を陛下に見えないように掲げるのが分かった。

それにスッと冷静になる僕。顔は無表情を崩さず、心だけ大騒ぎしているのは精神的に疲れてくる。

というか、僕は極度の獣人嫌いと伝えていたにも拘わらず、距離を縮めて来る陛下が何を考えているのか分からないのが怖い。

試されているのか……？　ポーカーフェイスで獣人を近付けさせないこと、とだけ僕に命じた父上はきっと、嫌悪する言動や行動を僕が取れないと見越してのことだったのだろう。

当たり前である。いくら僕が国のためとはいえ、可愛い、愛《いと》しい、全てを捧げても後悔はない獣たちを前に、悪感情をぶつけるなど不可能だ。そんなことをするやつを見掛けたら僕はそいつをぶちのめす自信がある。生きる価値ないだろうそんなやつ。

そんな僕は、陛下にされるがまま触られている。時々声が出そうになるのは許して欲しい。

何というか、陛下は僕を歓迎していないわけではなかったらしい。あの冷たさを含んだ金色の瞳《ひとみ》が、今は少し熱を帯びたようにとろけて僕を見ている。それに目を合わせてしまった時、思わず顔が熱くなってしまった。

一生の不覚。顔色を変えない訓練が水の泡になった。ごめんなさい、訓練してくれた先生。きっと先生の飼いリスを構い倒して僕の言うことしか聞かなくなってしまったことに対する、先生の怨《おん》念《ねん》だ。きっとそう。

陛下が帰った後、僕はアルエードが手にしていた物を奪い返す。もともと、僕がアルエードに頼んだのだ。人質ならぬ、物質だ。

掌《てのひら》サイズの小さな瓶の中には、今は亡き飼い犬の骨が入っている。余すことなくあの子を形作ってくれた全ての骨を手元に残しておきたかったが、リューン国では亡くなった後も安寧に過ごせるように火葬後に埋葬し、その者を表す色を咲かせる花の種を植えなければならない。

埋葬しなければならないと教えられた時、僕は泣き喚き、暴れ倒し、犬の亡骸《なきがら》から離れず3日を過ごした後、強制的に引き離された。そんな僕に、一部の骨なら、加工し傍に置いておくことも可能だと言われ、渋々、もう、そりゃもう渋々納得した。

火葬された時も泣き喚き、埋葬された時も泣き喚き、そんな僕を見て、飼い犬は幸せだっただろう、良い最期を迎えたのだと言った励ましの父上の言葉には猛反発した。

「もっと生きたかったかもしれないのに、もっと遊びたかったかもしれないのに、あの子の気持ちを勝手に代弁するな！」

僕も幼かったため、愛しい者の死を受け入れられない上に、あまつさえ火葬され埋葬されたのだ。気持ちが追い付かず、泣き暮らす僕の扱いには、皆さぞ困ったことだろう。

もともと獣狂いと認識されていたのだ。そんな僕が、宝物を失いどのような行動に出るか戦々恐々としていたに違いない。

だが、僕は帰ってきたあの子の一部を見て落ち着きを取り戻した。

愛しい者の骨の一部を加工し、身に着けて過ごす人もいるが、僕は加工はせず、あの子の黄金色の毛並みを思い出させる色を付けた小型の瓶に入れてもらうように頼んでいた。それを見て、僕は最後に涙を流した後、そっとケースに入れて鍵《かぎ》を掛けた。

翌日から落ち着いた僕に皆は嵐の前触れかとしばらく様子を見ていたようだが、いつもの僕に戻ったらしいとほっと息をつき、日常が流れていった。

僕にとっては命よりも大事な物だ。それをアルエードに渡すのは苦渋の決断だったが、アルエードのことは信用している。ぽんこつな侍従だが、幼少期からの付き合いで、もしこれに何かあれば僕に殺されると本気で思っているぐらいには理解してくれている。その上で、僕が本能を抑えこむことができない状況になれば、その瓶を割るようにと人質ならぬ物質として預けておいたのだ。そのため、アルエードが瓶を掲げることはそれを壊すことを意味しており、僕は理性を取り戻すという算段だ。

何はともあれ、昨日も僕は陛下の謎の距離感に耐え抜いたのだった。

昼食を終えた後、ここの侍従は下がらせ、アルエードだけを従えて部屋に戻ろうと歩いていた。

しかし、午後の予定が潰《つぶ》れてしまったために戻ったところで時間を持て余すのが分かっていた。

部屋に戻る道には、僕への配慮で見える範囲に獣人が配置されてない。それに悲しくなって、僕を止める者がいないならと、いつもと違う道で戻ると決めてみた。

「……!?　ぼ、坊ちゃん。違いますよ、あっちです」

アルエードが小声で慌てたように伝えてくるが、僕は聞こえないふりをして歩く。すると、数人の声が聞こえ始めた。

……そういえば、今日は騎士団の集会があるのだったか。

思い出したのは有益な情報。騎士団が集まっているのだ。それも全団員が勢揃《せいぞろ》いする日。僕は、アルエードを少し振り返り、彼にしか分からないように口角を上げた。

「……!?　ちょ、その顔は何か思い付きましたね!?　いけませんよ！　戻りましょう！」

すぐにいつもの顔に戻り足を進める僕に、焦った声でアルエードが小声ながらも説得を開始する。

主人を力尽《ず》くで止めることなんてできないアルエードは、もうすでに諦《あきら》めの境地に片足を突っ込んでいる。だってアルエードの言葉を素直に聞く僕じゃないことは重々理解してしまっているからね。

静かな攻防をしつつも、長い廊下を抜けた先で。

木々を背景に、屈強な身体付きをした様々な獣人たちが何人も、トレーニングや手合わせをしているところに出くわした。

……おぉぉ〜！　獣人の騎士団！

やはり獣人とあって、人間よりも一回りも二回りも体が大きく筋肉の付き方が素晴らしい。

ただ、毛並みがいただけない。訓練に忙しく、疲れもあり身の回りを整えることに時間を費やせないのだろう。それは分かるが、あの毛並みはいただけない。

少しブラッシングするだけでも艶《つや》が出るだろうに、無頓着《むとんちゃく》な者が多いのか、毛並みが荒れている者ばかりだ。

「せっかくの毛並みが……」

手入れしたい。したいのにできない。辛い。こんなに世話のし甲斐《がい》がある者ばかりを目の前に、何もできない。辛い。

聞こえないようにボソッと呟《つぶや》いた僕に、ぎょっと目を見開いたアルエードは後で説教です。

「……ニアノール様？」

そんな僕たちに気付いた騎士団長のハトリは、以前紹介されたため顔見知りだ。

バッと膝《ひざ》をついた彼に倣い、他の騎士たちも同じく頭《こうべ》を垂れた。

ほほう！　耳がこちらを向いている者、下を向いている者、好奇心でピルピル動いている者、様々な獣耳がこんな一斉に眺められるとは。なんとも満足な光景。ご褒美の時間ですか。

「声がしたため、少し寄ってしまいました。お気になさらず」

僕は声に抑揚をつけずに言い放つと、返答を待たず踵《きびす》を返した。そんな僕にアルエードは何か言いたげだったが、僕が長居しないのが分かったのか口を閉ざした。

いつも通り部屋に戻ると、

「何を考えているのですか！　私はあの群れの中に飛び込んで行くのではないかと肝を冷やしましたよ！」

アルエードのお叱《しか》りを受けたが、僕も君には言うことがあります。床に座りなさい。顔に、目に、口に、表情に心情が出すぎる君は説教です。

それにしても、良いものを見た。何人もの獣人たち。どこか野性味があるというか、猛々《たけだけ》しいというか、迫力が凄《すさ》まじかった。でもあの毛並みはいただけない。何度も言うが、あれでは宝の持ち腐れだ。

アルエードに懇々とあの毛並みについて異議を申し立てるが、騎士団は僕には目に毒だとひたすら説得されるはめになり、今後絶対に近付かないように泣きながら乞《こ》われることになってしまった。

僕はあの毛並みに手を入れさせてもらいたいだけなのにこの言い草。僕は主人だぞ？　とても不服です。

そんな僕は、騎士団の皆を思い出しながら午後はゆったり過ごしていた。

その日も、陛下が夜に部屋を訪れてきたが、少し機嫌が悪いような尻尾の揺れ方に気を引き締める。

　最近、陛下が夜に来るため、ミルを愛でられる時間が少なくなっている。もちろん、陛下を観賞できるのは有難いが、触りたい僕としてはこの時間が少し辛いのだ。

　そんなことを考えながら、いつもと同じようにソファに座った陛下に合わせ、僕も少し距離を空けて腰を下ろす。すると、陛下はすっと僕の反対側に座り直し、二回りは大きい手を僕の頬に当てると目を合わせるように顔を向けさせられた。

　流れるような手つきでされたそれに、僕はすぐに反応できず。金色の瞳が僕を射抜くのを息を呑んで見返した。反対の手はいつの間にか僕の腰に回り、自身へ引き寄せられ逃げ場を失《な》くされる。

　いつもと異なるいきなりの急展開と、顔に身体《からだ》に近すぎる陛下に、頭上まで血が上ってくるのを感じた。

　そんな反応を見せてしまった僕に、陛下が少し目を見開いたのが分かった。

　しかし、これはもう、社交辞令でなく陛下を嫌っていないと態度で示しているようなものだ。やらかしが発生してしまった。が、この予期せぬ事態であれば僕は許されると思う。父上は許すと言うだろう、いや、言わないはずがない。

　いつもはアルエードが僕の視界にいるように配置しているが、陛下が反対側に回ってしまったために見えなくなった。それどころか、アルエードも予想外の出来事に固まっている気配がする。

「今日、騎士団のもとへ行ったと聞いた。……気になる者でもいたか？」

　指で頬を撫《な》でられ、僕は小さく首を振った。

「い、いえ。そのような者はいません。声が聞こえたものですから、少し気になり見に行ってしまいました。申し訳ございません」

「集会という名ではあるが、騎士団にとっては遊びのようなものだ。王宮内なら民に見られることはないからな。息抜きがてら月に1度行っているだけのもの。君はすぐに立ち去ったと聞いたが、上裸の者もいただろう。何人の男の身体を見た？」

ええ、ええ、余すことなく少ない時間で目に焼き付けましたとも。あわよくば、少し下衣がずれて尻尾の付け根辺りも見えないかなと思いましたとも。

そんなことを言えば、不信感を持たれることは間違いない。というより、この場合は変態になるのか……？　それこそ絶対に言えない。

頭の中で、返答すべき内容を高速で考えていると、降りて来た陛下の顔が僕の首筋に擦り付けられた。

「っ……！」

僕は音にならない声を上げた。

……何!?　これはどういう状況!?

陛下の獣耳が僕の頬に当たる。あ、可愛い……。触れられた……。

「へ、陛下……？　どうされたのですか？」

「君は獣人が嫌いというより、ただ苦手なのだろう。でも、私にはだいぶ慣れたようだな。私の婚約者であるからには、たとえ偶然であっても他の男の裸を見るようでは困る」

いや、全裸は見させてもらってないのだが……？

陛下の言葉に、思わず言い返しそうになるも押し留《とど》める。

……でも、これはお叱り案件かもしれない。確かに、獣人のマナーとして、決まった伴侶《はんりょ》がいる場合は、伴侶以外の人の裸や無防備な姿を見たり見られたりすることを嫌う者が多いと習った。

僕は、陛下にとってまだ婚約者というだけの立場だが、一応伴侶として認識してくれているのだろう。

「あの、申し訳ございませんでした。陛下の婚約者としての振る舞いに、至らぬ点があったこと、お詫《わ》び申し上げます」

これは素直に怒られ、謝罪しておこう。獣人のマナーは大事だからね。守るべきものだからね。

考えた末に納得した僕は、すぐに理解したとばかりにその旨を謝罪した。

「君が他の者を見ることがないよう、配置は徹底している。あまりいたずらしないでくれ」

そう言った陛下の言葉には穏やかな色がのっており、気を引き締めていた僕は安堵《あんど》の息を静かに吐いた。

「っ……!?」

その時、首に濡《ぬ》れた感触を感じたと共に、思わず顔を陛下に向けた僕は、舌を少し出したご尊顔と至近距離で目が合った。何をされたか理解した途端、顔が沸騰したように熱くなるのを感じる。

な、舐《な》められた……！

薄く笑った陛下は、そのまま僕の耳にカプッと軽く歯を立てる。

「ひゃっ……！」

思わず声が出た僕は、もう何が何だか今の状況を理解できない。

「今日は色んな顔を見せてくれるのだな。本当にどこもかしこも小さい。……婚約期間などなければ、すぐに伴侶として迎え入れられるものを」

僕は、王族で、そのための色んな訓練だってしてきたわけで。でも、こんな理想の毛並みを持った美獣人に、色欲混じりに言い含められそうな場面を想定した訓練はしていない。

まだまだそっち方面の経験は足りてない僕に、百戦錬磨であろう陛下が相手では太刀打ちできないのだ。正直に言おう、もはやいっぱいいっぱいだ。僕はどうやってこの状況で身体を動かしたらいいのかさえも分からない。未《いま》だに熱くなっている顔を上げられず、身体も力が入らなくなっている。

頼みの侍従は一切動く気配がない上に、まだ固まっている様子。主人が危機的状況であるにも拘わらず助けてくれない侍従。君には後でお話があります。

「これに懲りたら大人しくしていてくれ、ニア」

最後の止《とど》めとばかりに、愛称で呼ばれた後、額に唇が押し付けられ、僕の思考はそこでストップした。

意識が戻り気が付けば、陛下はすでに部屋におらず、気まずそうな侍従が僕を見ていた。

「へ、陛下は……？」

少し混乱する僕に、

「陛下なら、とっくに退室されましたよ。坊ちゃん、ちゃんと見送ったじゃないですか。その後、ずっと放心しているから心配していたのですよ」

アルエードの言葉に、僕は無意識でもちゃんと最後は対応できていたらしいと安堵する。良かった……。

……いや、何も良くないな？

「あれは何だったの!?　あんなのが続くなら、僕の心臓もたないんだけど。でもあの耳、あの耳が頬に触れた感触は覚えている……。ふわふわのすべすべだった……」

夢見心地で思い出していたが、はっとする。

「あのさ、婚約期間って何のこと？」

陛下が言っていたのを確かに覚えている。一体何のことだろうと思ったため余計に。婚約期間など、特に聞いたことがない。ジーン国ならではのしきたりなのか？　しかし、そういったことは習っていない。

「それは、ニアノール様の父上である陛下が伝えたのですよ。伴侶となってしまえば、他の王族と交換で、なんてさすがに言えませんからね」

……聞いてないのだが？

「え、つまり、僕の国のしきたりとして、結婚するまでの婚約期間を設けなきゃいけないって話を通しているということ？」

父上の考えていることが手に取るように分かる。というか、陛下に初対面で言われた婚約者としてって話は、僕側の都合でのことだったのか。

……いや、そんな僕に関わる重要なことは伝えておいて欲しかったのだが!?

まぁ確かに、結婚してしまったら替えがきかない可能性がある。考えれば分かることなのに、その部分にフォーカスを当ててなかったから失念していた。

陛下に言われた時に聞き返さなくて良かった……。

一から思い返すと、獣人嫌いっていうのもそもそも無理があるような気がしてきた。父上の策略、結構がばがばなんだよなぁ。だいたい、人間至上主義でもない上に、今まで獣人と関わったこともないだろう僕が、いきなり獣人嫌いなんです、なんて。当人がきっかけも理由も思い付かないのに、よく信じたなジーン国。

……いや、信じてないのかもしれない。そう考えると、陛下の距離も理解できる。あれは試しながら僕の表情や言動から測っていたのだろう。

王族として、やれ特訓だ、やれ英才教育だ、と積み重ねてきていても、所詮《しょせん》はまだまだ対人関係や外交などの経験も少ない青二才。陛下の掌で転がされているような気がしてきた。

ソファにゴロンと横になる。

「……ねぇ、陛下って明日も来るって言っていた?」

色々と考えてみても、結局は憶測の域を超えないため僕ができることなんてたかが知れている。下手に予測を立てて余計なことを言ってしまえば、どう転ぶか分からないのだ。レンウォール陛下の考えは今一つ分からないが、僕は父上に言われたことを守っていくしかない。

でも、今日のような戯れは勘弁して欲しい。どさくさに紛れて陛下を触り倒したいものだが、僕の経験値では太刀打ちできないことが証明されてしまったのだ。

さすがに思考を止められる事態にさせられるのは困る。

……あぁ、もう！

頬の、首の、額の、腰の、温《ぬく》もりを思い出してしまい羞恥心《しゅうちしん》が今更ながらによみがえってきて、顔をクッションに押し当てた。

「いえ、明日は仕事で抜けられないとおっしゃっていましたよ」

アルエードからの返答を耳だけで拾い、明日はミルに癒してもらおうと決意した。何とか気持ちを持ち直したところで、

「ではアルエード、君に僕からお話があります」

そそくさと部屋から出ようとしていた侍従に、僕はにこやかに声を掛けたのだった。


いつもと変わらない日を過ごし、久しぶりにミルが夜に来訪した時。

「あの、実は1、2か月ほど王宮を離れることになりまして」

絶望の宣告をされた。

「え、え、何で!?　ミルは僕の護衛なんだよね？」

護衛が対象から離れるとは何事だ。断じて許さない。

「それが、母がもうすぐお産なんですが父が足を骨折してしまいまして。両祖父母も高齢で身体にガタがきていますし、兄や姉たちは遠方に留学と遠征でおらず、もう僕しかいないと文が届き、陛下に相談させてもらったのです」

「それは仕方ないね。しっかり新しい命のために働くのだよ」

お産？　新しく獣人の子が生まれる？　それは何よりの優先事項だ。ぜひ行きたまえ。何なら僕も行きたい。だって獣人の赤ちゃん！　子どもでさえあんなに可愛かったんだ。赤ん坊となると更に可愛いに違いない。見たい。切実に見たい。

ミルの言葉に間髪を容《い》れず返した僕の返答に、

「ありがとうございます。恐らく、僕の代わりに護衛が付くとは思うのですが、騎士団の人だと聞きました。もう僕はニアノール様が獣人嫌いとは信じていませんが、他の人は視界に入らないようにと重々言われています」

配置をどうするかと聞かれた。

「……視界に入らない位置での護衛で頼むよ」

さすがに騎士団の人が契約を結びましょうなんて、都合良く言ってくれるはずがない。

そもそも、騎士団とは国のために仕える戦闘集団。陛下への絶対的な忠誠を持つ者が、僕のことを知って報告しないわけがない。非常に危険だ。そうなると、近くで護衛されるのは僕にとって都合が悪いのだ。

そしてもう一つ。騎士団の人が近くにいれば僕はお手入れがしたくて仕方なくなる。毛並みに無《む》頓着《とんちゃく》な騎士団だ。つまり、ブラッシングのし甲斐《がい》がある者の集まりが騎士団だ。そんな者が近くに来てみろ。僕は無意識でも近寄ってしまう自覚がある。

「騎士団はいけません。絶対にニアノール様に近付かないようにして下さい」

彼らを見に行った一件を知っているアルエードは真剣な顔でそう言い放った。

「はい。ではそう伝えておきます」

じゃあしばらくミルはいないのか……。

しゅんとしてミルを上目遣いで見上げ、寂しいですアピールをする僕に、ミルの顔がどんどん赤くなった。

「あ、あの。お産が終われば戻ってきますので……」

お産はしっかり立ち会ってきなさい。僕の分までしっかりね。

僕はミルをソファに促し、これから獣愛の禁欲生活が待っていることをふまえ、ミルを触り愛で倒したのだった。

……はぁ。

ミルがいなくなり、陛下が夜訪れることはあるがやはり僕から触ることはできず。どんどん獣人に触れられないストレスが溜《た》まってきていた。

「ニアノール様。頼みますから辛抱して下さいね？　ね？　まだ1週間じゃないですか。頼みますから大人しくしていて下さいね？」

うるさい侍従である。ならば獣耳を生やしてこい。話はそれからだ。

僕はミルがいなくなってから、アルエードに毎日のように我慢だ忍耐だと言われ続けている。僕は待てができない動物だとでも思われているのだろうか。

「分かっているよ。アルエード、偶然に獣人と会って囲い込むにはどうしたらいいと思う？」

「何も分かっていらっしゃらなかった！」

発言を間違えたが後の祭り。そこからはもう耳にタコができるぐらい、何度も何度も何度も同じことを言われ続け、最後は泣きながら懇願されてしまった。

僕はもうそれにすら疲れて、アルエードに背を向け、唯一持参したケースを開けた。

これには魔術が付与されており、見た目以上に物が収納できるようになっていた。

鍵《かぎ》が付いている部分を開け、綺麗《きれい》に並ぶ中の瓶を取り出し、磨き始める。これをすると、気持ちが落ち着くのだ。

「……坊ちゃんのコレクション、いつ見ても凄《すさ》まじいですね」

全ての瓶には、それぞれ色んな物が入っている。それぞれ飼っていた動物たちの、落としたヒゲ、切った爪、換毛期で抜けた毛、他にも色々と。

この瓶には永久的に時間が止まるようにと魔術が付与されているし、中の物が朽ちることはない。

あぁ、可愛い。あの子たちを形作り、生きるための役割を持ってくれていたものたち。うっとりと瓶を眺める僕に、

「……狂人って言い得て妙ですよねぇ」

少し引き気味に言ったアルエードに僕は首を傾げたのだった。


1か月が経過。ミルはまだ戻らない。そんな中、今日は昼食後に陛下が部屋を訪れた。

僕は陛下が来る度に、また以前のようなことになるんじゃないかと内心ドキドキしてしまう。顔に出さないように努めてはいるが、心の中では何人もの僕がソーサーを盾のように掲げじりじりと後退している。

それを察しているのかいないのか、陛下は僕を見ると機嫌が良さそうに尻尾《しっぽ》を揺らす。

……どういう感情なのだろう。それはそれとしても、目で追いそうになるのでその魅惑の尻尾を揺らすのはやめて欲しい。

「あの、陛下。ミルはいつ頃戻る予定なのでしょうか」

座った陛下に、未だ戻らないミルの帰還とともに、赤ちゃんは無事に産まれたのかも聞きたくて早々に投げかけた。

すると、陛下の金色の瞳《ひとみ》が大きくなったのが分かった瞬間、空気がずんっと重くなったのを感じ

た。

……な、何で？　僕何か変なこと言った？

明らかに怒ったであろう陛下の様子に萎縮《いしゅく》してしまう。僕より一回り、二回りも大きい陛下に怒りをぶつけられたら、いくら何でも怖い。獣人と人間の力の差は歴然としている。

一般の獣人なら、僕にだって勝機はあるだろうが、陛下は別だ。ジーン国、獣人で成り立つこの国は強者こそ王者。

王は血では決まらない。ただ、強者の血族は、力も戦闘力も抜きん出ている者が多いのは事実。レンウォール陛下は歴代の王の中でも圧倒的で、頂点に君臨する。

そう、この国の歴史を学ぶ上で教わった僕です。

怒られるのは怖い！　でもその尻尾で叩《たた》かれるのなら甘んじて受け入れる所存。

ドキドキが加速している心臓に活を入れる。

「先日、無事に産まれたと聞いたが、まだミルの助けがいるだろう。あと1か月の休暇を与えている。……ずいぶん、ミルを気にしているようだな」
1、2か月とは言っていたが、あと1か月は帰ってこないのか。赤ちゃん産まれたって！　万歳！　新しい獣人の赤ちゃん万歳！
不穏な空気は感じているが、理由が分からない以上は下手なことを言えない。心の内では何人もの僕が冷や汗を滝のように流している。

「いいえ、1、2か月帰ってこないとはお聞きしていたのですが、正しい期間を知っておこうと思いまして。では1か月後に戻る予定なのですね」

とりあえず、当たり障りなく陛下の言葉に納得しましたよ～とのニュアンスを含ませてみる。

「あぁ。早く戻って来て欲しいのか？」

この話をすぐにでも終わらせたいのだが、陛下は何か気に障ったらしく続けようとしてくる。僕のHPは減っていく一方なのだが。ミルに戻って来て欲しいのが本音だが、それをそのまま言ってもいいのか判断がつかない。

視界にいるアルエードは何やらおろおろしているし、全く役に立ちそうにない。主人が困っているのだから、鼻血を噴き出してみるなり、腹痛で立っていられなくなる等のアクションぐらいして欲しいものである。後で特訓しようねアルエード。

「……いえ、お産は大きなことですので」

他に何と言えというのだろう。陛下は僕の顔を真っすぐ見ているし、僕は視線は外しているが何か責められているように感じて少し声が硬くなってしまった。

「ニア。怖がらないでくれ。怒っているわけじゃない」

そんな僕の心情を察したのか、落ち着いた陛下の声が聞こえた。

「いえ、怖がってなど……っ！」

話が逸《そ》れていくことを祈りながら返答すると、陛下の手が僕の手をとり、そっと指先に口付けられた。

「すまない。狭量だったな」

上目遣いで顔を上げた陛下を、至近距離で直接見てしまった僕はその麗しさに思わず両手で顔を覆ってしまった。

……み、耳が！　獣耳が少し垂れて……！

無理だろう、こんなの。何だ、僕は試されているのか？　さっきまでの怒った感じからの垂れ耳と上目遣い。ギャップがすぎる……！　降参だ、もう全面降伏する。

顔に当てた手を放すこともできず、他のリアクションも取れず、僕はそのまま静止する。ちょっと考える時間を下さい。ちょっと僕のことは放っておいて下さい。

「ニア。顔を見せてくれ。嫌だったか？」

嫌だったはずがないと思われている声色に、僕は否定することもできない。すると、僕の頭に温かい感触がしてピシッと固まる。

スンッと吸われる感覚に、バッと顔から手を放し陛下と距離を取ろうと反射的に動いた時、それよりも早く陛下の手が僕の腰に回り、引き寄せられた。

そのまま再度、陛下の顔は僕の髪に埋められる。

「柔らかい髪だな。それに、美しい色だ」

密着した身体に、陛下の息が直接触れているこの状況。展開が予測できず僕の精神が追い付いていない。それでも、それにしても、急に距離を詰めるのであれば先に言っておいて欲しいのですが!?

もうこの距離感にいたたまれなくて、少し身じろぎをする。

「……ニア」

腰にあるものとは反対の手を僕の頬に当てた陛下は、僕の顔を上げるように向かせ、目が合ったと思った時、陛下の顔が近付いてくるのが分かった。その時、

……コンコンッ！

誰かの来訪を告げるノックの音に、僕はビクッと肩を揺らす。

「……時間切れだ」

陛下はそう言うと、すっと僕の頬を撫《な》でるように手を放し、立ち上がる。

「また来る。あまり他の男に懐くな」

身を屈めて、放心している僕の耳元で言い放った後、陛下は扉へと歩いて行った。

……もう、ゆっくりしよう。

陛下が出て行った扉を見つめ、未だ放心状態の僕はアルエードに寝室を整えてくるように伝える。

僕の精神と肉体は疲労困憊《こんぱい》だ。もう何も考えたくない。布団を被り、目を閉じると陛下の顔や声が頭に浮かび、寝るどころじゃなくなった僕は結局、アルエードの特訓について本人と相談しようと寝室から出たのだった。


……癒しが欲しい、切実に。

陛下しか獣人を見ていない最近の僕。見ているというか、視界に入っているのを目に焼き付けているだけ。あれからは、陛下との距離は適切に保たれている。

禁断症状が表れそうな僕に冷や冷やしているアルエード。ミルも、まだ帰って来ていない。もうすぐで2か月経つはずだから、そろそろだとは思う。

こんなに長い間、獣愛を抑制していたのは初だ。何度もケースを開けてはそこに収めた小瓶をずっと眺めていた僕を見て、小さく悲鳴を上げた僕の侍従は下がらせている。

今日の予定は特になく、レッスンも勉強も終わっているため時間を持て余していた。

アルエードがいない今、部屋から出て王宮内の獣人を片っ端から捕まえたい。一人でいい。一人でかまわないのだ。ちょっと触らせてくれたら、もうそれでいい。何ならちょっと吸わせて欲しい。尻尾に顔を埋めたい。それか、同じ空気を吸いたい。

ずっとそんなことばかりが頭を占め、危なくなればケースを開く、ということを繰り返している僕。

今日も今日とて、獣人との触れ合いを夢見ていると、扉をノックする音が。

……？

来訪する人に心あたりはないが、護衛が部屋の外にいるだろうし、ノックさせたのならば危険人物ではないのだろう。

僕は扉に近付き、薄く開く。

「あ、ニアノール様。少し早いのですが、戻ったので挨拶《あいさつ》に来ました」

そこには黄金色の獣耳を持つ、毛並みがボサボサになったミルが立っていた。

その時の僕に記憶はないが、何となく時間が惜しいと感じていた気がする。後からミルに聞くと、僕はミルの腕を引っ張り、強引に部屋内に連れ込んだ後、そのままベッドへ誘ったという。

服を剥《む》き、ケースから専用のブラシを取り出した僕は、マッサージと共にブラッシングも開始。慌てふためいたミルだったが、目が据わり、無表情である僕を見て手を引っ込めたのが分かった。

どんどん僕の手腕でミルの顔がとろけていくのが分かり、全身をマッサージし出した時には、もうミルは獣化し獣の姿になっていた。

恐らく、母親の手伝いと赤ん坊の世話で疲労も溜まっていたのだろう。あれだけ艶々《つやつや》にしたはずの毛並みが荒れているのがそれを物語っている。

可愛い可愛い狐の姿になったミルを、うっとりしながら撫で、ブラシを動かし毛並みを整えていく。久しぶりの感触、久しぶりの僕の癒し。至福の時間を味わっていた僕の耳に、

……バンッ！

勢いよく開かれた扉の大きな音が入り、驚きながら見た先には、こちらを見て呆然《ぼうぜん》と立っている陛下の姿があった。

………そして、話は冒頭に戻る。


「……何をしている？」

重低音の声と、完全に目が据わり瞳孔が開いている陛下に、思わず僕は狐姿のミルに抱き着いた。

それを見た陛下は目を見開くとズンズンと僕の方へと近付き、ミルを子猫のようにブランと持つと僕から引き剥《は》がし、ベッドの外へと放り投げた。

ミルは、くるっと綺麗に4本の足で着地してみせ、「キュウン」と可愛く鳴いたかと思うと、開け放たれたままの扉から外へ走って行ってしまった。

……え、ミルちゃん!?

さっさと僕を置いて去ってしまったミルに呆然とする。でも出て行った時のお尻《しり》が可愛かったから許せる。それとは別にまだブラッシングできてないところがあるから戻って来て欲しい。

ミルが出て行った方を見ていると、外からその扉が閉められていく。

「え……」

思わず出た声と同時に、柔らかい物が背中に当たる感触に思考が止まる。

見上げた僕の視界一面には陛下のご尊顔。覆い被さるように、僕の顔両側には陛下の手が置かれている。

「他の男をベッドに上げた挙句、抱き着くなど。言い分があるなら申せ」

目を逸らすことは許されず、爛々《らんらん》と今にも噛《か》みつかれそうな金色の瞳に、僕は息を呑んだ。

「護衛の者から、ニアがミルを部屋に引きずり込んだと知らせを受けた」

「……つ、疲れが、疲れているようだったので」

絞り出した声は小さかったが、陛下は一言一句聞き逃さないとばかりに獣耳を僕に向けている。

「ニア。ミルはまだ子どもだからと私も大目に見ていたが、今回のことは看過できない」

……分かるな？

そう続いた陛下の言葉に反応する前に、僕の口は塞《ふさ》がれていた。

「……んっ……あ……はぁ……っ！」

息の仕方が分からない僕に容赦なく、陛下の長い舌が口内を蹂躙《じゅうりん》する。逃げ腰になっている僕の舌は絡められ、吸われ舐《な》められ、自分でも聞いたことのない声が漏れていく。

「……んぅ……はっ……はぁっ……！」

逃れようとしても、手で顔を固定されていて動かせず、息を吸おうと必死な僕にようやく口が離された。

「……ふっ。鼻で息をしろ」

そんな僕を見て、機嫌が直ってきている様子の陛下に少し安堵《あんど》する。

「はぁ、はぁ……」

息を整えようと僕が呼吸を繰り返していると、

「ひっ……！」

耳を舐められ、身体を固まらせると、僕の服の間から陛下の手が入り、腰を直接撫でられる。

「へ、陛下、ごめんなさい、許して下さい……！」

貞操の危機を感じた僕は、怖くて腰を撫でる陛下の腕を慌てて掴《つか》んだ。

「可愛いニア。……このまま素直に感じていればいい」

陛下は怖がる僕に穏やかな声でそう言うと、顔中に唇を降らせ再度僕の口を塞いで来た。

「あっ……！」

口の中を陛下の舌が動き回り、上顎《うわあご》を舐められるとビビッと電気が走るような感覚に声が上がる。

「へいかぁ……」

力が入らなくなり、舌が思ったように回らない。全身が熱く、熱を持っているようで辛い。無意識の内に膝《ひざ》を擦り合わせた僕に、陛下は両足を掴むと容赦なく左右に広げる。

「あっ、やめ、やめて下さい……！」

立ち上がりかけているそれを見られ、羞恥《しゅうち》で血が上るのを感じ、くらくらする。

「ニア、可愛い子。他の誰かにここを許してはいないな？　私が初めてだろう？」

つつっとそこから後孔に掛けて指で撫でられ、思わず息を呑んだ僕は陛下の問いに何度も頷《うなず》いた。

「へ、陛下が、全て、初めてです」

「良い子だ」

陛下の金色の瞳《ひとみ》は欲混じりの熱を帯び、僕は力の入らない身体をどうすることもできず、ただ陛下の思うがままに流される。

「……あ、あぁ……！　……んっ……や、そこダメっ……！」

気が付くと服は脱がされ、ぷっくり立った乳首を舐められ、指先でいじられ、何度も甘い声が部屋に響き渡る。

「どこも可愛いな、ニア。舐めて欲しそうに立っているぞ」

腰を撫でられながら乳首を甘噛《あまが》みされた時、僕の爪先がキュッと丸まり、痙攣《けいれん》のような感覚が全身を駆け巡って背をのけ反らせた。

「へ、いか……。今、僕……」

「レンだ。ニア、呼んでごらん」

「レン……？」

ボーっとする頭で、陛下の言葉を反芻《はんすう》する。

「レンだ。呼んで、ニア」

「レン……何で……？」

まだ息が上がり、ただ快感を与えられている身体は力が入らず、回らない頭では思考ができない。

幼子のように問いかける僕に、愛しいと言わんばかりに微笑んだ陛下は、僕の両手指に自身の指を絡め、僕をシーツに縫いつけるように押さえつけると、唇を合わせてきた。

「……んぅ……っ……はっ……！」

舌を絡ませ、口内を舐め回される。

……気持ち良い。

陛下の熱い舌が、僕の舌と合わさって溶けるような感覚に目を閉じる。そう思っていると、唇が離れていく。陛下の顔が離れていくのを見ていると、おもむろに下へと行くのが分かった。

「……？　……ひゃあっ⁉　あ、だめ、だめです！　あぁっ……！」

僕の足の間まで下がった陛下は、あろうことかそこで緩やかに立ち上がっているものを口に含んだのだ。

僕は陛下の顔を離そうと頭を手で掴むも、熱い口の中で舌を這《は》わして舐められる快感に力が入らず、ズズっと吸われる感覚に思わず腰が動く。

「あっ、あっ、あぁ……っ……！　だめ、だめ、レン……っ！」

過ぎた快感と羞恥に生理的な涙が流れる。

その時、熱いものが出そうになり僕は必死で陛下の顔を離そうと押しのけようとする。

「だめ、だめだって、レン、放してぇ……っ！」

願いも虚しく、僕は陛下の口の中に白濁を吐き出してしまった。

「……甘い。ニア、気持ち良いな？」

意地悪気に僕を見て笑う陛下は、僕の後孔へと指を滑らせ、指をつぷっと入れてきた。

「……っ、ま、待って。僕、そこはまだ……っ！」

「大丈夫だ。私に委ねていればいい」

首筋を舐められながら、何度も後孔に指を入れては周りをほぐされる。

「ほら、三本入った。ここだろう？　ニア」

入れられた指を中で曲げられ、全身に電気が走るような感覚に弓のように背がのけ反る。

「あ、レン、レン……！　そこ、そこいやぁ……っ！」

「いい、の間違いだろう？　ほら、ここだ」

何度達したか分からないほど、陛下は僕に快感だけを与え続けた。そんな中、後孔に硬く熱いものが押し当てられる。

「……？」

もう考える力がない僕は、陛下の顔をただ見返していると、ずんっと異物が内臓を押し上げてくる圧迫感に息が止まった。

「……っ、ニア、息をしろ」

少し顔を歪《ゆが》めた陛下が、僕の口を無理矢理こじ開ける。舌を吸われた時、僕は　気に息を吸い込んだ。

「……動くぞ」

そんな僕に陛下はそう言うと、

「……あっ、あっ……レン……っ……あぁ、そこ、やぁ、だめっあぁっ……！」

気持ち良いところを何度も擦られ突かれ、僕は与えられる快感に声を上げ続ける。

ずっと襲ってくる快感に恐怖を覚え、陛下の首に腕を回ししがみつく。すると、お腹《なか》の中で陛下のものが大きくなったのが分かり、それに伴い、一際大きくなった自分の声を聞きながら、僕の意識は遠のいていった。

僕が目を覚ました時、いつもと同じように朝が来たと思い、起き上がろうとして愕然《がくぜん》とした。

……え、何、起き上がれない。

とにかく、アルエードを呼ぼうと声を出そうとすると、

「ごほっ……！　……けほっ……！」

声の代わりに咳《せ》き込む事態になった。一体、自分はどうなってしまったのだと呆然としていると、

「起きたのか？」

上半身を露《あら》わにし、均整のとれた肉体を惜しげもなくさらして悠然と歩いてくる陛下に、僕は意識を失う前のことを鮮明に思い出した。

顔が瞬時に熱を帯び、全身の脱力感も、声が出ない理由も、一瞬にして理解する。

「無理をさせた、すまない。あまりに可愛らしい反応ばかりするものだから止められなかった」

近付いてきた陛下は、僕の額に唇を落とした。僕を覗《のぞ》き込むようにベッドに腰掛ける。

顔を赤くしながら口をぱくぱくと動かす僕の頬を撫《な》でるように、陛下は自身の尻尾《しっぽ》を動かした。

「ごほっ、ごほっ……！　けほっ！」

思わず目で尻尾を追う僕に、陛下は口角を上げた。

「ニア。君は獣人嫌いでも苦手でもないな？」

確信を持ったその問いに、僕は白を切り通すべきか、降伏するべきか、そうなれば僕はどうなるのか、リューン国は隷属国になってしまうのか、色んな思考が駆け巡った。

「君が唯一持って来ていた荷物が開いていたから、見せてもらった。高級なブラシ数点、癒し効果がある獣毛専用のオイル、最高峰の切れ味を誇る鋏《はさみ》、それから、獣人や動物に使用できるソープ、艶出《つやだ》しのものまであった。他にも色々と入っていた。獣人嫌いや苦手意識がある者が持参するもの

ではないな」

答えられない僕に、笑いを含んだ声で更に言い募られる。

「ニア。君が不利益になることはないと約束する。私の言ったことは何か間違っているか？」

再度問い掛けられた言葉に、少しの間の後、僕は静かに首を横に振った。

もはや言い逃れすることは不可能だ。あぁ、ミルをブラッシングする時にブラシを取ったから、そのまま開けっ放しにしていたんだ。

「けほっ」

声がうまく出せない僕に、陛下の尻尾がすりっと寄り添ってくる。思わず、のろのろと腕を動かし、尻尾を抱き寄せ、鼻を寄せるとすーっと吸い込む。

……石鹸《せっけん》の匂い。それと、陛下の匂いも。

「ほら。飲んで」

僕の上半身を起き上がらせ、陛下にもたれ掛かるように固定され、水を飲ませてもらった。陛下の尻尾は、僕の身体に巻き付くようにして揺れている。水を飲ませてもらいながら、それをさわさわと両手で手触りを楽しむ僕に、陛下が小さく笑ったのが分かった。

「……んっ。けほっ。あの、陛下。僕……」

「ニア。レンだろう？」

言葉を遮られ、愛称で呼ぶように促される。僕は、情事を思い出してしまい、顔が熱くなる。

「れ、レン。あの、僕は、その……。騙《だま》してたってことになるんだろうけど、えっと……」

僕は陛下への敬語が外れていることに気付かず、しどろもどろになりながら、言い訳を始めた。

「ニア、可愛い子。疲れたろう、話はまた後にしよう。ゆっくりお眠り」

頑張って言葉を捻《ひね》り出そうとしていた僕に、陛下はスルッと尻尾を抜きとると、僕を横たわらせ頬に唇を降らせた。

「おやすみ」

そう言いながら、僕の頭を撫でる温かい手に次第に眠気を誘われていつの間にか瞼《まぶた》が落ちていた。


「アルエード、父上に何て報告すればいい？　アルエードが手紙書いてくれない？」

「侍従がたとえ自国だろうと陛下に手紙なんて気軽に出せるわけがないじゃないですか。えぇ、えぇ、坊ちゃんが数年も我慢できるわけないと分かっていましたとも。半年ももったのは奇跡です」

アルエードには、陛下に僕の獣人嫌いは嘘《うそ》であることがばれたとだけ伝えた。

僕の評価がぐんと下がったアルエードは、刺々《とげとげ》しく言ってくる。何の役にも立っていない侍従の分際でとんだ言い草だ。主人のピンチに駆け付けてこそ侍従である。それが何だ、全部終わってから来て、挙句の果てに僕が悪いとばかりに責めてくる。

何だか腹が立ってきた僕です。内心では何人もの僕がティーカップをアルエードに見立てた人形に投げ付けている。

僕は、笑顔でアルエードをちょいちょいと指先で呼ぶ。すると、顔を青ざめさせて首をブンブン振りながら後退《あとじさ》っていく。

「まずはティーカップを弁償しろ」

「何の話ですか!?」

悲鳴のように叫んだアルエードを横目に、本当に父上になんと言えば良いだろうかと考える。ばれちゃいました。元々、無理があったんですよ。早く他の王族を見つけて今すぐ交換することはできませんか?

どれもこれも怒られる気しかしない。

……? それに、僕が陛下にされたようなことを、他の人がされるのを想像するとお腹辺りが少し気持ち悪くなる。

何だろう、これ。ストレスが溜《た》まっているんだろうか。

数日見ていない陛下は今、どこにいるのだろうか。王宮内にはおらず、出掛けているらしい。何か大切な用事があるのだとか。

僕は、その間休暇を与えられている。与えられているが、部屋から出ない、ミルを呼ばない、他の獣人を見ない、など色々と制限付きだ。

つまり、暇なのだ。この間に、父上への言い訳を考えなければならないのに何を言ってもそれ見たことかと怒られそうで、遅々として進まない。

……うぅ。僕だって、僕だって頑張ったんだ。

我慢して、王族として振る舞うように気を張って、コレクションを眺めて欲望を押し殺して。他にも色々と頑張ったのだ。そう考えていくと段々と理不尽な気がしてきて、何で僕が怒られなければならないのだと不貞腐《ふてくさ》れる。

そして、ばれてしまったのなら、もう隠す必要がないことに気付く。

だって陛下はこの国のトップだ。トップにばれたならもういいんじゃないか？

がばっと俯《うつむ》かせていた顔を上げて、吹っ切れたように僕は扉へと向かう。

「ちょ、ちょ、ちょっとちょっと坊ちゃん！　どこに行くのですか！」

アルエードは突然動き出した僕をぎょっとした様子で止めようと扉の前に走る。

「あ、そうだ。あれがいる」

僕は踵《きびす》を返して、ケースの中からブラシを取り出すと、扉の前で両手を広げているアルエードに言い放つ。

「僕、考えたんだ。どうせ連れ戻されるんだったら、その前に僕の望み一つぐらい叶《かな》えてもらってもいいんじゃないかって」

そうだ、どうせ父上に報告すれば、すぐさま連れ戻されるに違いない。僕の特性がばれると危険人物に認定されるだろうと父上も言っていた。そうなると、王族を辞めても今後ジーン国に入れなくなる可能性がある。

……そんなことになるぐらいなら、今の内に獣人たちを愛でたい！

僕はもうその考えが頭を占めてしまい、焦燥感に一刻も早く獣人に会わなければと気が急《せ》く。

「どうすればその考えに行きつくんですか⁉　正気ですか坊ちゃん！　いや、正気じゃないですよね！　獣人嫌いじゃないことがばれただけなのでしょう？　ちょっと苦手だっただけだと言えばいいじゃないですか！　狂人と呼ばれていることがばれたわけじゃないのでしょう⁉」

絶対に扉の前から退《ど》きませんと踏ん張るアルエードに、そんな言い訳はケースの中を見られた時点で通じないに決まっているだろうと苛立《いらだ》つ。

あのケースに入っているのは飼っていた子たちにも使用していた一級品の物ばかりだ。あれらを見て、獣人や動物に並々ならぬ感情を抱いていると察知されていてもおかしくない。

だがまぁ、そのことはアルエードに言っていないため言い返すことはできない。

ふんっと顔を背けた時、アルエードの気が少し緩んだのが分かった。その隙を見逃さず、僕はアルエードに足を引っかけ転ばせると、扉を開け放った。

部屋を出た瞬間、扉を閉めこっそり持っていたスプーンを取っ手に通してしばらく中から開けられないようにする。獣人が使用するスプーンは大きいのだ。ほら、ぴったりフィット。

「坊ちゃん⁉　開けて下さい、坊ちゃん！」

ドンドンと響き渡るぐらいの音を鳴らすアルエードに言い放つ。

「ちょっと愛でてくるね」

「ちょっと散歩行ってくる感じで言わないで！　戻って来て下さい！　ここ開けて！」

歩き始めた僕の耳には、後ろから聞こえる声はもう入ってこなかった。

廊下を歩き、曲がり角に来た時、僕の身体に影が覆いかぶさってくるのが分かった。

「……ニアノール様。お部屋にお戻り下さい」

少し困った顔をした、体格の良い獣人。格好から見るに、騎士団の一人だろう。あぁ、僕の護衛か。ミルは一旦《いったん》、僕の護衛から外れると言われていたのだった。部屋の外に出るだけでなく、どこかに行こうとする僕を見て、連れ戻しに来たのだろう。

「じゃあ僕のお願い聞いてくれる？」

部屋から出ないと言われていたはずの僕が、いきなり一人で出て来たものだから、戸惑っているのが分かる。頭から出ている耳は、虎かな。丸い耳がこちらを向いている。可愛い。

尻尾をちらっと見ると……うん、毛先があっちこっち向いてボサボサだ。長い綺麗《きれい》な縞模様《しまもよう》の尻尾なのに、もったいない！

首を傾げて、虎獣人の騎士に詰め寄る。

「え、いや、あの……。陛下から、部屋から出ないようにと言われているはずでは……？」

僕を見下ろし少し顔を赤らめた彼は、はっとして、そう聞いてきた。

「ちょっとだけ、ちょっとだけその尻尾をブラッシングさせてくれない？　ちょっとだけでいいから」

畳みかけるようにそう言い募る僕も、はっとし、

「あの、恋人とか結婚している人とかいる？」

一応確認をする。

「い、いいえ、自分は独り身ですが……」

……良かった！　第一関門はクリアした！

僕は嬉々として再度、ブラッシングさせて欲しいと頼み込む。

「い、いけません！　幼子ならまだしも、いい歳《とし》をした雄にそのようなことを……！」

顔を赤くしたまま、虎獣人はなおも拒否してくる。その毛並みをちょっと一撫で、いや二撫で、三撫でほどさせて欲しいだけなのだが？

ムスッと口を尖《とが》らせながら、僕は尚も言い募る。

「ちょっとだけだから！　きっと気持ち良いよ？」

「勘弁して下さい！　俺が陛下に殺されます！」

言い合いしている僕らに近付いてくる足音が聞こえた。

「あ？　ガレンじゃねーか、こんなとこで何やってんだ。今日は陛下の番《つがい》の護衛に当たっていたはずじゃ……!?」

この人はガレンと言うのか。覚えた。虎獣人のガレン。

彼の陰にすっぽり入ってしまっている僕が見えなかったのか、近付いて来た獣人の一人が顔を出した僕と目が合って言葉を詰まらせる。

「え、お前、まさか……」

そう呆然《ぼうぜん》と呟《つぶや》いたかと思うと、そのカラカルらしき獣耳を生やした獣人は、すぐさま僕に背を向ける形でガレンとの間に身体を滑り込ませると、腰にある剣の柄頭に手を置き、戦闘態勢に入った。

「いや、違う！　俺は何もしていない！」

「何でニアノール様が部屋から出てんだ。まさかお前、陛下の番に無体を働こうとしたんじゃねぇよな……？」

何やら、ものすごい勘違いが起こっている様子。カラカル獣人と一緒に来ていた他の獣人３人も、同じように戦闘態勢に入っている。

重い空気が漂い、一触即発の状況の中で僕は、目の前で揺れるカラカル獣人の尻尾に目を奪われていた。

「おい、言い訳があるなら……みゃぁっ!?」

「!?」

いきなりの叫び声に驚き、皆の毛が少し逆立ったのが分かった。悲鳴のような声を上げたカラカル獣人は、ばっと顔だけで振り向き、見えた光景に目と口を大きく開けた。何が起こったか分からないといったように僕を見ている。

……あ、牙《きば》がある。尖ってる～。可愛い。

僕はそんなカラカル獣人の顔を見て可愛さに微笑みながら、掴《つか》んでいる彼の尻尾《しっぽ》の毛の向きに沿って、持っていたブラシを動かした。

「……え、あ、あの、ニアノール様……!?　あの、何を……!?」

明らかに動揺している彼は、手を止めない僕を見ながら顔を赤らめ、ふるふるとその獣耳を震わせた。可愛い！

僕は久しぶりに獣に触れられる感触に歓喜し手を止められず。

呆然とし顔を赤らめている獣人騎士5人が立ち竦《すく》み、人間の僕がその中で嬉《うれ》しそうにブラッシングしているという、異様な廊下の光景に、すぐさま他の者たちも駆け付け、何とか扉を開けられたのだろうアルエードは、その状況を見て絶叫しながら倒れたのだった。

その日の夜、ソファに横になり、クッションに顔を埋めた僕はさめざめと泣いていた。

あれから、青褪《あおざ》めた顔をした他の獣人騎士の人たちが来て、固まったままのガレンやカラカル獣人たちを引き摺《ず》って連れて行ってしまった。

……まだブラッシング終わってないのに。毛がパサついていたから綺麗に洗ってオイルだって塗ってあげたかった。耳だって、耳だって触りたかった！

獣らしさを隠したいつもの侍従や、初めて見た使用人の獣人、他にも王宮に勤める色んな獣人たちが騒ぎを聞きつけて慌てて集まってきたが、何故か皆一定の距離を保って近付いて来なかった。

その距離のまま、皆に部屋に戻るように懇願された僕。獣耳を震わせている者、獣耳が垂れ下がってしまっている者、尻尾が丸まってしまっている者もいた。

僕はそんな皆を見て、怖がらせたいわけじゃないのにと悲しくなり、言われるまま部屋へと戻った。

もちろん、倒れているアルエードはそのまま寝かせておいた。彼も疲れが溜まっているだろう。断じて、獣人たちに距離を取られたことによる悲しさからの八つ当たりではない。

……うっ、うぅ……。

皆の怯《おび》えていた様子を思い出し、愛しい愛でたい可愛い存在たちに警戒されドン引きされたと悲しくなる。怖がっているような者もいた。獣にストレスを与えるなんて言語道断。僕は、自分の欲求を優先し、皆の心の安寧をかき乱したのだ。

……確かに、僕は獣人たちにとって危険人物だ。最低の自分勝手野郎だ。でも愛でたいだけなのだ。辛い。皆、僕に近付いてくれなくなるだろう。そもそも、元から獣人嫌いの設定があったため、他の獣人と関われず近付いてくる者はいなかったが。

今日の出来事は、王宮内、いや市井にだってきっと広まる。いや、もうすでに広まっているのかもしれない。僕はもう、獣人たちと触れ合える機会を永遠に失うことになったんだ……。

悲しくて悲しくて、でも欲求のままに動いた自分の自業自得だと反省しながらしくしくと泣いている僕の耳に、扉をノックする音が響いた。

「……アルエード？　開いているから入って来ていいよ」

スンッと洟《はな》を啜《すす》り、やっと起きたのかと思いながら扉に言い放ち、再度クッションに顔を埋めた。

「こんばんは、ニアノール様。突然の訪問をお許しいただきありがとうございます」

すると、すぐ近くで聞き慣れない声が聞こえ、僕はばっと顔を上げ反射的に姿勢を正した。

「おやおや、そんなに涙を流して。可哀想《かわいそう》に」

僕の顔を見て苦笑し眉《まゆ》を下げる彼の顔の横には、特徴的な尖った耳が付いている。

「宰相様……？」

僕の国に友好条約を持ち掛けて来たエルノの宰相様その人だった。

「ニアノール様、夜分に訪ねて来た男を部屋に招くのはいただけませんよ」

揶揄《からか》うようにそう言った宰相様に、精神的に弱っている今の僕は、よく夜に来て癒してくれていたミルを思い出す。彼もまた、もう来てくれないいんじゃないかと悲しくなり、目頭が熱くなってきて視界が揺れた。

「あぁ、すみません。責めているわけじゃないです、泣かないで下さい」

泣き虫になっている僕に、少し慌てたようにハンカチを差し出してきた。

「うっ、ひっく……ずずっ……」

悲しさで溢《あふ》れている僕は、思っていたよりもずっと今の状況が不安だったんだと思う。

生まれ育ったリューン国は、僕の故郷だ。僕の行動一つでリューン国が危機に晒《さら》されるかもしれないことに今更ながら怖くなる。

でも、狂人と呼ばれている者が欲望を抑えた時、いつだって悲惨な結果を生むことを知っている父上は、分かっていたはずなのに。

……そもそも何でばれたんだっけ。

そうだ、ミルを部屋に招いた時に僕の様子が尋常じゃなかったから護衛に報告されたのだ。その後、陛下が来て、色々されて……。

……陛下が帰ってきたら、僕はこの国から追い出されて入国禁止になり、今後一切、獣人と触れ合えないまま人生を終えていくんだ。

「……うぅ〜」

悲しさが溢れて止まらない。情緒不安定だ。心の中で、何人もの僕が悲し気にティーカップを綺麗に磨きあげて片付けている。

「え、あのニアノール様、一体どうされたのですか」

首辺りで綺麗に切り揃《そろ》えられた金髪を揺らし、宰相様が異様な状態の僕に困ったように聞いてくる。

「へ、陛下は、いつ、お戻りになられますか」

僕は、少ししゃくり上げながら聞いた。

「あぁ、陛下なら、もうすぐ……」

宰相様がそう答えた時、ノックの音もなく突然、僕の部屋の扉が開かれた。

変わらない美しい白銀の毛に包まれた獣耳をピンと立ち上がらせ、眉間《みけん》に皺《しわ》を寄せて怒りの表情を浮かべた陛下が、開け放たれた扉から入って来た。

「ニア、さっき報告を受けたが、一体どういう……!?」

瞳孔《どうこう》が開いた金色の瞳《ひとみ》で僕を捉えた瞬間、放たれようとした言葉は止まり、目が見開かれたのが分かった。

目線は僕から宰相様へ移り、表情が険しくなった陛下から、グルルルと唸《うな》るような低音が聞こえてくる。

「おい、何をした。何故ニアが泣いている」

「私は何もしていませんよ。戻ってきて早々、ずっと悲しんでいる様子だと他の者たちから聞いてお伺いしたのです。陛下こそ、お早いお戻りでしたね」

「必要な書類は揃い、話も聞けた。他の面倒事も片付いたのなら長居する用はない。……お前はいつまでここにいるつもりだ？」

陛下の刺々しい言葉に宰相様は肩を竦めると、

「はいはい、そんな敵意むき出しにしなくても、邪魔者は退散しますよ」

そう言うと僕に一礼しさっさと退室していった。

……あぁ、陛下が戻ってきてしまった。

僕の処分が決まってしまう。この先の人生で、陛下みたいな美獣人に会うことはもうないに違いない。……悲しい。

ぽろっとまた涙が落ち頬を伝った時、陛下は更に目を見開き、足早に近付いてきて、ぎゅっと僕をその大きな腕で包み込んだ。

「ニア、ニア。私の愛しい子。どうした、何があった。何故泣いている？」

陛下は身体を少し離すと、両手で僕の頬を包み、目尻《めじり》に唇を寄せ、涙を舐《な》められる。

「うっ、うぅ〜……」

怖い、悲しい、辛い……色んな感情が僕を掻《か》き乱し、なかなか気持ちが落ち着かない。

怒りを鎮めた様子の陛下はそんな僕を痛ましそうに見て、慰めるように顔中に唇を落とす。

「へ、へいかぁ……僕、僕……」

「どうした、何が悲しい。あぁ、ニア。可哀想に、こんなに泣いて。お前を泣かせたのは誰だ？言ってみろ、すぐに殺してきてやる」

……え。

物騒な言葉が聞こえ、思わず荒れていた僕の心の波が一旦《いったん》静かになる。それと同時に、流れていた涙も止まる。あまりに衝撃的な言葉が、頭の中で回る。

「……え、ころ、殺す……？」

平和な国にいた僕にとって、聞き慣れない言葉が陛下から発せられたことに呆然とする。

「ん？　私の番に手を出して、無事で済ませるわけないだろう。君を悲しませたのは誰だ？」

僕の目の下を親指で撫《な》で、流れた涙を拭《ふ》いてくれる陛下。僕は、陛下と目を合わせた時、その金色の瞳に獰猛《どうもう》さが見え隠れしているのを見つけ、肩が少し揺れた。

しかし、言われた言葉の中で聞き慣れないものに引っ掛かり問い掛ける。

「……番？」

「……あぁ、君たち人族からすると伴侶《はんりょ》と言った方が分かりやすいのだったな。でも私たち獣人は生涯の唯《ただ》一人を決めた時、その者を番と呼ぶ。ニア、私の愛しい番。君を害する全てから守ると約束しよう。誰が君に涙を流させた？」

僕は陛下から放たれた言葉を聞き、そのまま停止する。

「あの、僕は、リューン国に帰って、この国にはもう来られなくて……」

まるで僕が陛下の特別な人のような言い方に、まとまらない思考で何とか口に出す。

「……帰る？　リューン国に？　……それを私が許すとでも思っているのか？」

少し語気を強めた陛下は、僕の顔を見ると、聞き分けのない子を窘《たしな》めるように言葉を続けた。

「何故そんなことになるのだ。ニア、君は私に嫁いだのだろう。私はそれを受けた。ならば、もう君は私のものだ。宰相が勝手に条約に書き足したものだからと興味がなかったが、初めて会った時から何故か君の姿が頭から離れなかった。獣人に対しても特に嫌悪している様子もない君の本音が見えず、まだ子どもだが真面目で優秀なミルを付けたのだ」

……え、リューン国の王族を娶《めと》ることは宰相様が勝手に決めたの？

今、なかなか衝撃的なことを言われた気がしたのだが。

僕は色々と入ってくる情報が多くなってきたことで冷静さを取り戻しつつあった。そして何より、陛下の尻尾がさっきから腕に触れている。可愛い。

「予想以上に、ミルとは上手《うま》くやれていると聞いて、良いことのはずなのに面白くなくてな」

陛下は僕をひょいと持ち上げると、横抱きにして座り直す。

「君は、いつも毅然《きぜん》と振る舞っていたが、時々私の尻尾を目で追っていたのは気付いていたか？」

……!?　あんなに気を付けていたはずなのに……。ここにきてまさかの僕の落ち度のお披露目……。

完璧《かんぺき》だと思っていた僕の振る舞いは、獣愛を隠せていなかったらしい。これでは、どうあってもいつかばれていたに違いない。……不甲斐《ふがい》ない。

俯《うつむ》き反省し出した僕は、

「獣人嫌いではないのだろうとは思っていたが。……獣狂いとは初めて聞いたな」

聞こえた言葉に思わずばっと顔を上げると、その先にある金色の瞳に射抜かれる。

「そ、それ、それをどこで……」

狼狽《うろた》える僕に、陛下は何でもないように言い放つ。

「婚約期間はもう終わりだ。明日、書類を提出して君は私の正式な伴侶となり、私の唯一の番となる」

僕の前髪をかき上げてそこに唇を落とした陛下。

……この人、僕の話聞いてないな!?

「陛下、あの……」

「言っただろう、ニア。私の名を忘れたか？」

唇を摘《つ》まれ、そんな僕の顔を見て笑った陛下はそのまま触れるだけのキスを落とす。

「……レン」

そのまま額を合わせてきた陛下は、少し動けば唇が触れそうな距離で止まり離れてくれない。思わず後ろに頭を反らそうとすると、後頭部に陛下の手が差し込まれ逃げられず。

「ニア。言っただろう、君の不利益になることはないと」

陛下の息が唇にかかり、僕はその色気に頭がくらくらして眩暈《めまい》を起こしそうになった。

「あ、の、僕、番……?」

「ニア、私の番。可愛い子」

何度も啄《ついば》むようなキスを贈られ、顔が熱くなった僕は、目をぎゅっと閉じてわたわたと手を動かした。

話がしたい僕は、この明らかに言いくるめられようとしている現状をどうにかしなければと、部屋に戻ろうとしていた心の中の何人もの僕が、ティーカップを慌てて取り出している。

……はっ！

陛下の頭付近に手を伸ばした時、ふわっと触れた感触に、それを追いかけ両の掌でそっと包みこんだ。

「……ニア？」

陛下がゆっくりと僕から少し体を離したのが分かった。

僕は、両手の中にある温かく柔らかい感触を堪能するように、ゆっくりと指を動かす。

そんな僕に好きなようにさせてくれる陛下は、少し頭を僕の方へ傾けてくれた。

……ふわっふわだ。柔らかい。あ、ここ気持ち良さそう……。可愛い……。

触ってみたかった念願の陛下の獣耳。滑らかな毛並みで手触りが柔らかく、手の中でピルピル動くのが愛おしい。

……可愛い……可愛い……。

僕の頭の中は「可愛い」で埋め尽くされ、獣耳を優しい力加減で揉《も》み解《ほぐ》すことに集中する。集中しすぎて、どんどんと顔が獣耳へ寄っていく僕は、何故か許される気がして鼻をそこに突っ込んだ。

そして、すーっと静かに息を吸い込む。

……あぁ、幸せ。

「……ふふふ。可愛い〜」

両耳の間に頭を入れ、獣耳を撫でながら頬を擦り付ける。夢中で堪能している僕は、陛下の頭に抱き着いているような格好になっているのだが、そんなこと気にしていられない。

「……っ、ニア」

止められないことをいいことに暴走し出した僕は、獣耳をぱくっと唇で挟み、はむはむと口を動かす。

陛下の声が聞こえたような気がした時、ピルッと獣耳が離れていき、行き場を失った手が宙をかいた後、ガシッと腕を掴《つか》まれる。

「……はぁ。ニア、獣狂いってこういうことか……」

陛下の発言に、僕は一気に青褪《あおざ》めた。だがその瞬間、僕の両手を片手で掴んだ陛下は、そのまま持ち上げ、反動で後ろへと倒れる身体をそのままに、コロンと寝転がる僕の頭上で固定する。

万歳したような格好で、陛下に見下ろされている僕。

「ニア、君は獣特有の見目や特性が好きなんだな。色々聞いたが、そういうことか。……ミルや騎士にも同じようなことをしたな？」

鳴りを潜めていたはずの陛下の怒りが、その金色の瞳に宿るのを見た僕は、

「だって、だって、もう僕はここにいられないと思って、それならせめてブラッシングだけでもって、でも皆僕に近付いて来なくて……」

言い訳を始めたが、他の獣人たちに距離を取られたことを思い出し、また悲しくなってくる。

「う、うぅ～……」

また落ち込み始めた僕に、

「……まさか、他の者に距離を取られたことが悲しくて泣いていたのか？」

虚を衝《つ》かれたような様子で陛下が聞いてくる。頷《うなず》いた僕に、陛下は顔を片手で覆った。

「ニア。君は私の番だともう皆が認識している。軽々しく近付いては来ないだろうよ」

言い放たれた陛下の言葉に、僕はきょとんと見つめ返す。

……え、陛下の伴侶と思われていたから近付いて来なかっただけ？　でも、怖がられていた気がする……。

「君に何かあれば、それは留守を任せている王宮の者たちの責任だ。君ではなく、私を恐れていたのだろう」

続けられた陛下の言葉に、心の中の何人もの僕が、ティーカップに紅茶を入れてスタンバイし始めた。

「じゃあ、僕は嫌われてない……？」

「嫌うわけがないだろう。人は獣人より小さい者が多く、庇護《ひご》欲を抱く獣人がほとんどだ。そんな存在を恐れ嫌うことなど、そうそうない。人間一人に何かされそうになろうとも、幼子でない限り後れを取る獣人などほとんどいないだろう」

……じゃあ、僕を怖がっていたわけじゃないんだ。

僕は嫌われてなかった。怖がられてなかった。

陛下の言葉にふつふつと歓喜の波が押し寄せてきた時、心の中の何人もの僕がティーカップを掲げ、祝杯の声を上げた。

……嫌われてなかった！

単純な僕はすぐに元気を取り戻し、ニマニマと口が緩む。そんな僕を見て苦笑した陛下は、

「君が何を思い悲しんでいたかは良く分かった。でも、ニア。今の状況を分かっているか？」

そう言って、変わらない体勢のまま僕を見下ろした。

「もう憂いはないな？　ならば次は私の番だ」

近付いてくる陛下の顔に、僕は慌てて待ったを掛ける。

「で、でも僕の代わりが……」

「……さてはまだ理解していないな？　そういえば、国に帰るとかここにはいられないとか言っていたな。それは何のことだ」

……これは言ってもいいものなんだろうか。でも陛下は何故か僕が獣狂いって知っているみたいだし、いいのかな。

「僕はもともとリューン国に帰る予定で……」

「君が帰るところは私がいるところだ」

「他の王族が来るはずで……」

「何をしに来る。まさか君の代わりに私の番になるためなどとは言うまいな？」

立て続けに言葉を被せながら返答する陛下の目が笑っていなくて、僕は身を縮める。

「あの、陛下の伴侶に……」

「私の番は君だと言っている」

心の中の何人もの僕は、こそこそと集まり、輪になって番と結婚相手とは何が違うの？　と囁《ささや》き合っている。番と伴侶で混乱してきた僕は、

「僕は、へい、れ、レンの番？　伴侶？」

陛下、と呼びそうになった時、レンが口角を軽く上げたのを見てはっとして呼び直し聞いてみる。

「番は、人にとっての伴侶とほとんど同様の意味を持つが、それよりも重いものだ。獣人にとって唯一無二の存在となる。生涯、その者を愛する誓いを込めて番と呼ぶ」

そのレンの返答に、僕は頑張って理解しようと考える。

「そうすると、レンは、僕のことが好きっていうこと……？」

生涯愛する者、番、伴侶よりも深い関係……。

「君が愛しいと言っているつもりだったが、伝わっていなかったらしい。なら、ゆっくり君が理解するまで愛させてくれ」

僕の頬に唇を落とすと、腕を離し身体を起した陛下に、背中と膝裏に手を入れられる。そのまま、僕の身体を持ち上げ横抱きにした陛下は、安定した足取りで歩き始めた。

……レンは僕のことが好き？　愛しい？

混乱気味の僕は大人しく陛下の腕の中にいたが、覚えのある感触を背中に感じた時、はっと顔を上げた。

「……君はどうもまだ分かっていないらしいが、私もそろそろ限界だ。怖がらせはしない。私を感

じてくれれば良い」

「れ……んぅ……は……ぁ……」

言い終わるやいなや、性急に唇を塞《ふさ》がれ、舌が入ってきて僕の酸素を奪っていく。逃げてしまう僕の舌を絡め、レンの口へと引き込まれ、歯を立てられビクっと肩を揺らす。

「……あっ……え、待っ……んっ……！」

口内を好き勝手動く舌に付いて行くのが必死な僕の服の裾《すそ》から、レンの手が入ってきて上へと肌をなでてきた。そのまま、敏感な箇所を指で捏《こ》ねるように触れられ声が漏れる。

「可愛いな、触れて欲しそうにピンと立っている」

唇を離された僕は息を整えるのに必死だ。

「……はっ、はっ……ん、ぁっ……」

首を舐《な》められそこに吸い付かれながら、レンの指は僕の乳首を指で弄《もてあそ》び、もう片方の手で下衣をずらす。

「ま、待って、レン……あっ……！」

「可愛い、ニア。気持ち良いな？」

ずらされた下衣から、与えられる快感にすでに立ち上がっていたそれをレンの大きな手に掴まれ、声が上がる。

「うっ……あぁ、やめ……っ！」

掴まれたまま、指で弄ぶように先の方をいじられ、手で包み込み上下に動かされ、思わず動く僕の腰にレンは目を細めて笑った。

されるがまま与えられるまま、翻弄《ほんろう》される僕は、何とか動かした手をレンに伸ばす。

「レン、レン……」

「ニア」

嬉《うれ》しそうに身体を少し屈め、僕に近付いてくれたレンの首に腕を回し、身体を密着させる。ドクドクと速い心臓の音が合わさって、少し安心し息を吸い込んだ。

「あっ……!?」

達しそうな時に、手が放され、後ろへと指を這《は》わせたレンは、

「……いいな？」

耳元で低音を響かせ、僕の返答を待たずに、熱く、すでに硬くなっているレンのものをそこに押し当てられる。そのまま入り、感じる圧迫感と内臓を押し上げられる感覚に息が詰まりそうになった。

「あぁっ……！　……あっ、あ……っ……んぅっ……！」

身体を揺さぶられながら、合わされた唇に必死に応える。息が乱れ、刺激に身体を跳ねさせ、その度に声が上がる。

レンの手が僕の後頭部に差し込まれ、息すらも食べられそうなほどの噛《か》み付くような激しい口付けに、生理的な涙が流れる。

「はっ……ぁ……んんっ……！」

頭から足先まで熱を持ったような感覚の中、ズンッといきなり深く突き上げられ、ビクビクッと身体を震わせ、一瞬頭が真っ白になる。それと同時に離された唇から銀色の糸が引く。揺れる視界の中、僕の腕は力が入らずレンの首からシーツに滑り落ちた。荒れた呼吸を落ち着かせようと息を吸い込んでいると、

「……ニア、まだ終わりじゃないぞ」

再び、突き上げられる感覚と、胸に顔を埋め、突起を舐め軽く歯を立てられて与えられる快感に、落ち着いた身体が強制的に興奮状態にさせられる。

「あぁっ……！　……あ、レンっ……レンっ……！」

また緩やかに芯《しん》を持ち始めた部分をレンの身体に押し付けるように腰を動かす僕に、中の敏感なところを避けて擦られ、じれったさにレンに懇願する。

「やぁっレン……っ！」

「ん？　どうした？」

僕の胸元から顔を上げて、額に唇を落としたレンは、意地悪気に笑って僕を見る。

「……っ……レン……っ気持ち良く、して……？」

必死で、どう言ったらいいか分からない僕は、素直にお願いを口にする。そんな僕に、一瞬表情を消したレンは、獰猛《どうもう》な捕食者を感じさせる瞳《ひとみ》を隠すことなく僕を見る。

「あっ、もう大きくしないでっ……！」

僕の中で大きくなったレンのものに、圧迫感から思わず口にした時、口を塞がれそのまま敏感な

ところを何度も突き上げられ、僕の意識は飛ばされたのだった。

目を覚ました時、起き上がれない感覚に一瞬戸惑うが、すぐに状況を把握。把握したところで、どうにもできないのだが。

少し首をふるふると振り、思い出す自分の痴態を頭から追い出そうと、目をぎゅっと閉じる。しばらくして、ぼんやりしながら目を開け、視線を横に向けると、

「もういいのか？」

僕を見てレンが笑いながら言った。驚いて、音にならない声を上げる僕に、

「私の愛しい番。今日は動けないだろうから、私に身を任せてくれ」

額に唇を落としたレンは、そう言うと理解が追い付いていない僕を置いてベッドから出て行った。

……身を任せて？

僕が首を傾げている時、戻ってきたレンの手には僕の服が。そのまま、僕は赤子のようにされるがまま服を着せられたと思うと、抱き上げられベッドから出される。

「あの……」

部屋のテーブルには朝食が用意されており、美味しそうな匂いが漂っている。その席に僕を抱き上げたまま座ったレンは、僕を横抱きにして自身の膝《ひざ》の上に座らせた。

「お腹が空《す》いているだろう。食べられそうか？」

そう言ったレンは、スープをすくったスプーンを僕の口へ近付けてきた。僕は大人しく口を開け、入ってきたスープで口を潤す。

……美味しい。あったかい。

まだぼーっとしたままの僕は、どこか嬉しそうな様子のレンに、せっせとご飯を口に運ばれる。パンをちぎって口に入れられた時、開閉のタイミングを間違えてレンの指まで口に含んでしまい、べっとレンの指を舌で押し出した。

「……はぁ、ニア。あまり可愛いことをしないでくれ。また抱き潰《つぶ》したくなってしまう」

そう言ったレンは、パンをもぐもぐと食べている僕の顔中に唇を降らせてきた。僕はくすぐったくて、思わず笑ってしまう。

「ふふふ。くすぐったい」

そんな僕を眺めたレンの瞳は、愛しい者を見るようにとろりと蕩《とろ》けそうな金色を揺らめかせた。

……何だか本当に僕のことが好きみたい。

レンの言動や様子から、愛されている実感がふつふつと湧いてくる。

陛下の番、生涯の唯一無二。それが僕。ならば、僕はここにいていいのかもしれない。獣狂いのことをレンはすでに知っている様子だったし、それをふまえても僕を番だと言ってくれているなら、帰る理由はない。

心の中の何人もの僕は、皆穏やかにティーカップの中の紅茶を飲み、美味しいねと囁き合っている。

「レン、僕はここにいていいの？　リューン国では、僕は獣狂いって呼ばれていて……」

お腹が満たされ、考える力が出て来た僕はレンにそう聞く。

「驚きはしたが、そんなことで君を手放す気はない。もうリューン国の王にも許しを得た」

……何ですと？

一気に目が覚めた。父上の許し？　父上はもうご存じだと？

「父上の許しって何？　父上は僕が獣狂いってレンにばれたこと知っているの？　いつ？」

矢継ぎ早に問い掛ける僕に、

「君を初めて抱いた後に、君が獣人嫌いじゃないと確信を得たのでな。虚偽の情報を渡したことを逆手に取って、婚約期間を終わらせることを承諾させようとリューン国へ行っていた」

……は、初めて抱かれた……といえば、レンが大切な用事があると出掛けていた時だ……！

「そこで君はすでに私の番であることを伝えたら、君が獣狂いと言われる特性を持つことを聞いた。婚約期間は、君が突飛な行動を起こさないように、獣人に慣れさせるための期間として設けたのだと」

……あぁ、父上は、僕と他の王族を取り換える話はなかったことにしたんだな。レンの話を聞いていると、父上は獣人の番というものがどのような存在なのか知っているようだ。

僕も何となく、レンに教えられた獣人にとっての番が重要な存在であることを理解しつつあり、それが自分であることをふまえると、とても他の王族と替えようと思っていましたなんて言えない。

レンが来て、僕が何かやらかしたのだと内心はさぞガクブルだったに違いない父上。瞬時に話を合わせた手腕、さすがです。僕は感服しました。手紙出さなくてごめんなさい。

僕がすぐに報告していれば、心構えできたと思うのに、怒られるのが怖くて結局出さなかった手紙。でも僕も色々と疲弊したし、お互い様だよね。と、変わらず何かわーわー言っている頭の中の父上に手を振る。

「君が獣狂いであっても構わないからと、すぐに私のものにしたい旨を伝えると快く了承してくれてな」

……顔を引《ひ》き攣《つ》らせながら、レンの言葉に反対できない父上が目に浮かぶ。内心は拒否したかったに違いない。父上もまた、王族の狂人は外に放ち自由に過ごさせるのが一番だと考えているからだ。

「君を書類上でも、私のものとする上で必要な署名ももらった。後は、提出するだけだ。食べ終わったら、一緒に出しに行こうな」

でも、ここで暮らせるのなら僕は、何よりの幸せだ。だってここには、僕の大好きな愛すべき存在がたくさん……！

レンの魅力的な言葉に、僕は夢心地で返事をしたのだった。

食事を終えた後、レンはそのまま僕を片手で抱き上げて部屋を出ると、安定した足取りで廊下を歩いて行く。

僕はレンの頭に抱き着くようにして身体を安定させると、すぐ目の前にあるレンの獣耳に顔を埋める。しばらく堪能した後、頬を獣耳に付けて感触を楽しみながら、きょろきょろと周りを見渡し、他の獣人がいないか目を凝らして探す。そんな僕に、

「……ニア。何を探している」

眉間《みけん》に皺《しわ》を寄せて、少し険しい顔をしたレンが立ち止まり言い放った。

「え、あの、他の獣人の人たちはどこかなって……」

いきなり機嫌が悪くなったようなレンの様子に戸惑う僕に、

「ニア。言っておくが、君が触ったり見たりしていいのは私だけだ。他の者に同じようなことをしてみろ、部屋から出られないようにするぞ」

唸《うな》るような低い声で言われる。

……何で!? レンを触ってもいい許可をもらえたのは最高すぎるけど、それとこれとは話が別だ！

「でもでも、毛並みが整っていない人もいるし、疲れてマッサージが必要な人もいるだろうし、毛質に悩んでいる人だっているかもしれないし……！」

獣狂いを隠さなくて良いなら、僕の特性を理解してくれているのなら、思う存分発揮したい！

レンの番という権力に物言わせて触りまくりたい！

そんな僕を見て、目を細めたレンは、

「……君の特性を隠そうとしていたリューン国王の気持ちが分かった。こんな可愛い存在が触れて来ようものなら、すぐさま獣人たちに取って食われていただろうな。君はまだまだ私の番であるこ

とを理解できていないようだから、分かってもらえるまで部屋から出るのは禁止だ」

そう言い、その言葉に呆然《ぼうぜん》とした僕を抱え直すと、足早に歩を進めて行く。

「な、何で？　僕はレンの番って分かっているよ？　ちょっとブラッシングしたりして毛並みを整えるだけだよ？」

「他の者に触れるのを許すはずないだろう。したいなら私のものを整えればいい」

「でも、レンがいない時とか……」

しつこく必死に言い募る僕に、レンは仕方のない子を見るように顔を向けると、

「ニア、番となった者は他の者に触れたり触れさせたりしない。少しでもそんなことをすれば、その者は殺されてもおかしくないんだ。見つめたり、近付いたりするのも駄目だ。獣人の番とはそういうものだ。分かるな？」

そう言われ、僕は少し口を尖《とが》らせる。そんな僕を見て、少し笑ったレンはそこにちゅっと唇を落とした。

「……陛下、さすがに番といえど、そこまで過剰な暗黙のルールなど聞いたことありませんよ」

そんな僕たちの会話に入ってきた声は、呆《あき》れを含んでおり、そちらに顔を向けると、尖った耳をピンとさせ、レンにジト目を向ける宰相様がいた。

「余計なことを言うな」

宰相様を睨《にら》むレンに、

「ニアノール様が番のことをまだよく分かっていないことをいいことに、自分に都合の良いような

ことを吹き込まないで下さい」

溜《た》め息《いき》をついて言い放った。

「そもそも、来るのが遅いです。まだ寝ているんじゃないかと、起こしに行こうと思って出てきたのですよ」

レンに背を向けると、宰相様はすたすたと歩いて行く。その後を、僕を抱き抱えたままのレンがゆっくり追った。


宰相様に続いて入った部屋で、ソファに座ったレンは、そのまま自身の膝の上に僕を降ろす。

……ちょっと、恥ずかしいのだが？

そう思っていると、

「……ひっ……！」

後ろから抱き着くようにレンが覆い被さってきて、頭に顎《あご》が乗せられたかと思うと、頭のてっぺんに鼻を埋められてすーっと息を吸いこまれ、ぞぞっと背中が粟立《あわだ》つような感覚に声が出た。

「レン、レン、駄目！」

わたわたとレンの腕から逃れようと身体を捻《ひね》るも、レンにとっては痛くも痒《かゆ》くもないのだろう、全く動けず。

目の前のソファに座った宰相様の視線を感じ、羞恥《しゅうち》に顔が熱くなり俯《うつむ》きながら必死に抵抗する。

……恥ずかしすぎるのだが!?

さすがにこんな状態を見られているのは恥ずかしすぎる。心の中の何人もの僕は、顔を赤くしてティーカップで顔を隠そうと必死に丸まっている。

「陛下。ニアノール様が戸惑っておいでですよ。少しの間ぐらい我慢して下さい。ニアノール様、ここにサインを頂けますか」

……嘘でしょこの人。この状況で、普通に僕にペンを渡そうとしてくるのだが!?

僕は、何とかペンを受け取るも、レンに抱き込まれたままの状態では、テーブルに置かれた書類に手が届かず、呆然と宰相様を見返した。

「……ふっ、ふふっ。本当に、お可愛らしい」

そんな僕を見て宰相様は笑い、それに伴い、尖った耳が揺れた。

「ほら、陛下。これを書いていただかないと提出できませんよ」

そう言われたレンは、僕から腕を放すと尻尾《しっぽ》をグルッとお腹に回してきた。書類を読みながらペンを動かしている手と反対の僕の手は、お腹に回されたレンのふわふわの尻尾を無意識に触り、撫《な》でている。

自分の名前を書いた僕は、横にあるレンの名前を見て、これが婚姻の書類であることを実感する。

ペンを置き、両手でレンの尻尾をさわさわと触りながら、宰相様が書類を回収していくのを見ていた。

「ふふ、ではお預かり致します。陛下、ニアノール様、ご婚姻、おめでとうございます」

祝福の言葉をもらった僕は、笑顔で感謝の言葉を返した。

……書類の二人の婚姻を認めると同意する欄にある父上の名前が、震えるように歪《ゆが》んでいたのを見て、僕は父上の心情を察し、再度心の中でごめんなさいと謝ったのだった。


――それから数日後。

「……ニア！　何をしている！」

「ぎゃっ！　レン！　今日は午後いないって言っていたのに！」

――レンが来る数刻前。

第2騎士団が王宮内の広場に集まっていると聞いて、ほくほくとブラシを片手に部屋から出てきた僕です。

報告と、隊の調整のため広場で待機し休憩している皆のもとへ、嬉々として突如出現した僕に、苦笑しつつも歓迎してくれた騎士団。

もう僕の獣狂いは周知されており、王宮のみならず市井にも伝わっている。獣人を愛する人間の陛下の番として。すごく良い感じに僕の獣狂いが解釈されている気がするが、結果オーライである。

そんな僕は、度々その辺の使用人の獣人を捕まえては、こっそりと毛並みを整えたり、獣耳を触らせてもらったりしているが、何故か毎回レンにばれて、その度に部屋に連れ込まれてベッドに縫い付けられている。

レンがいる時は、レンの獣耳に尻尾に、たまに獣化してもらっては全身を堪能してと至福の時間を過ごせているが、いない時は寂しくて恋しくなって反動的に獣を求め彷徨《さまよ》い歩くようになった。

獣狂いであることを許され、受け入れられている今、僕は欲求のまま動くことを戸惑わなくなった。

心の中の何人もの僕はもう、いつだってゆったり椅子に座ってティーカップで乾杯し合い、紅茶に舌鼓をうち穏やかに笑っている。

そして、久しぶりに会えたミルとは、隷属の契約は破棄させられた。ブレスレットは、コレクションにする気だろうと言われて肩を揺らした僕を見て、レンが容赦なく没収してしまった。

何と、ミルはまだ13歳だったことが判明。確かに子どもだった。僕はミルの年齢を聞いて、さすがに大人気ないことを強いてしまったと謝ったが、ミルは笑って許してくれた。

「ちょっと戸惑いましたが、ニアノール様の護衛になってから毛艶《けづや》が良くなったと言われることが増えて、身なりを気にするきっかけになりました。……それに、気持ち良かったのは事実です」

最後の言葉はこそっと言ってくれたミルに、感激の目を向ける僕。

……何て良い子！

まさしく天使と言っても過言ではない返答に、僕は思わず抱き着こうとしたが、その前にレンに抱き込まれて動くことができなくなってしまった。

そんなこんなで、理解してくれている王宮の皆にとって、ブラシを持って近付いてくる僕はもはやもう日常風景だ。

騎士団の皆も僕のことを知っており、休憩しながらも尻尾を僕の方へ寄せてきてくれる。

それに嬉々としてブラシを通していく僕を微笑ましく見られるが、何故か若い騎士たちは顔を赤らめ近付いてきてくれない。ブラッシングさせて欲しいと頼んでも、顔を青くして拒否されてしまう。

まだ僕に心を許してくれていないのである。辛い。

僕は、毎日充実した日を送っており、レンには内緒で着々とコレクションを増やしている。主にレンのもので形成されるコレクションだが。

アルエードは、僕の獣狂いがジーン国に受け入れられたと知った時、また倒れた。失礼なやつである。

変わらず僕の侍従として過ごしているが、レンに重々、他の獣人に近付かせないように言われているのにも拘わらず達成できたことはない。今日も部屋から出ようとした僕を止めようとしてきたため、シーツでぐるぐるにして寝かせておいた。

部屋から出た僕は、真っすぐに騎士団がいる広場へと向かい、己の欲求を満たすべく愛を注いでいた時に、レンの声が聞こえて身体を跳ねさせた。

――――そして話は戻る。

今日は、レンは政務で午後から王宮にいないと宰相であるエルフのラント様から聞いていたのに、何故かレンがいて、怒った顔をして近付いてきます。

広場の騎士たちは、そんな陛下にすぐさま姿勢を正して片膝《かたひざ》を突き、頭を下げる。

僕はおろおろと逃げようとしたところで、すぐにレンの腕に捕らえられ肩に担がれた。

「何で？　今日は午後から重要な取引があるって……」

「ラントが可笑《おか》しそうに早く帰った方がいいんじゃないかと言ってきてな。君のことだろうと、さっさと終わらせてきたら、案の定だ」

そのままレンと僕の共有の寝室へと連れ込まれ、ベッドへ降ろされる。

「れ、レンが帰ってくるなら、行かなかったもん」

「帰ってこなかったら、ずっと他の男たちを触り撫で回すつもりだったのか」

……言い方！　その言い方はちょっと語弊がある！

わーわーと言い訳を続ける僕の手を絡めるとシーツに縫い付けたレンは、薄く笑って、口を塞《ふさ》いできたのだった。

――――そんな日常を送る僕は今、大好きな国で大好きな人と、可愛い獣人たちに囲まれて幸せに暮らしています。

番外編　獣人騎士から見たニアノール

―――獣人騎士side

我らがジーン国の王、レンウォール・シュナベルト陛下に番ができた。

リューン国の第4王子であるニアノール・リューンハルト様だ。今は、結婚しニアノール・シュナベルト様となった。

嫁いで来られる時、獣人嫌いだから姿を見せないようにと言われていたため、どのような人物が来るのかと緊張が走った騎士団だったが、なんてことはない可愛い方だった。

……と、思っていた時が俺にもありました。

紺色の髪と瞳《ひとみ》を持つ、人族のニアノール様。小柄で、俺たちと並ぶとすっぽりと覆われ、華奢《きゃしゃ》な身体は庇護《ひご》欲を煽《あお》られる。

身長差があるため、目を合わせる時は必然的に上目遣いで見られるのだが、その度にニアノール様の可愛さに悶《もだ》えそうになる者が多数。

……だがしかし、その純真無垢《むく》な見た目に騙《だま》されると、一瞬で骨抜きにされてしまう恐ろしい存在だ。

陛下との婚姻とともに、ニアノール様が獣人嫌いではなく、異常なほど獣人愛が強いためそれを隠していたと聞き、我々は、廊下での騎士とニアノール様のブラッシング事件の真相を知ったのだった。

――騒ぎを聞きつけ、廊下で呆然《ぼうぜん》と立っていたガレンたちを、近くの演習場まで引き摺《ず》っていった後、隊長に報告し騎士団総出で緊急会議が開かれたのだ。

陛下の婚約者として来たニアノール様だが、陛下のニアノール様への溺愛《できあい》、執着の程からすでに彼が陛下の番だと認識していた我々にとって、この出来事は顔を青褪《あおざ》めさせるものとなった。

ガレンと顔をまだ赤くしているカラカル獣人のサースが当事者と聞き、事情聴取として話を促す。

「ニアノール様が部屋から出てきたので、戻るように話をしているところにサースらが来ました」

「俺は、言い合う声が聞こえて行ったら、ガレンがニアノール様に言い寄っているように見えて間に割って入りました。そしたら……その……尻尾《しっぽ》を……」

言いにくそうにするサースは、ごほんと咳払《せきばら》いをすると、

「……尻尾を掴《つか》まれ、持っていたブラシでブラッシングされました」

……は?

聞いていた者は皆同じ思いだっただろう。

「すごく嬉《うれ》しそうにあの小さい手で尻尾を優しく掴まれて、ブラシで毛並みを綺麗《きれい》にされて……」

「……ニアノール様は、獣人嫌いだと聞いていたが」

「いや、でもすげぇ笑顔でした」

ざわざわと騒然となった時、

「……あの、実は言い合っていたように聞こえたのは、ニアノール様から自分にブラッシングをさせて欲しいと言われて断っている場面だったのです」

ガレンが言いにくそうに頬を染めて言い出した。

……はぁ？

一体どういうことだと言い合っていると、

「……俺はこれを何て陛下に報告すりゃいいんだ？」

頭が痛いと言わんばかりに、ハトリ隊長が手を額に当てて溜《た》め息《いき》を吐《つ》いた。

「陛下の番に手を出したとなれば、俺ら全員殺されても文句言えねぇが。ちょっと事情が違うみてぇだな。とりあえず、宰相殿に話してくらぁ」

勘弁してくれと言わんばかりに、足取り重くハトリ隊長が王宮に向かって行った。

俺も、副隊長として付いて行くかと後を追い、隊長の姿を見つけた時、隊長は敬礼の姿勢を取っていた。

……宰相様に会う前に、陛下と鉢合わせするとは。

隊長が直接、陛下に報告する事態になり、俺は血の気が引いたが、陛下は顔を顰《しか》めると「沙汰《さた》は追って伝える」と無表情に言い放ち、足早に立ち去っていった。

「……遺書でも書いておくか」

重々しく吐いた息とともに吐き出された隊長の言葉に、俺は思わず頷《うなず》いたのだった。

――演習場に戻ると、

「何つーか、可愛いんだよなぁ、ニアノール様」

「人って何であんなに小さいんだ？　ってかニアノール様って人の中でも特に小さくねぇ？」

「俺、初めてあんなに近くで見た。手も小さいし、顔も小せぇ。でも目がでかいから、あれで見上げられたらたまんねぇ。こう、可愛すぎて閉じ込めたくなる」

「……お前、それ陛下に聞かれたらぶっ殺されるぞ」

「あ～人族って可愛いんだけど、俺ら怖がられがちだしな～」

待っていた騎士たちが好き勝手に話していたが、隊長と俺が戻ってきて先ほどあったことを話すと、再度顔を青褪めさせることとなった。しかし数分後に、宰相様が演習場に顔を出した。

「あぁ、やっぱりここにいたのですね。皆さん、ご帰宅いただいて構いませんよ。恐らく、あなた方に処分が下ることはないでしょうから」

そう微笑みながら言った宰相様に、俺たちは顔を見合わせながら演習場を後にしたのだった。


――そして、今。

獣狂いとリューン国で呼ばれていたニアノール様は、それを隠すことなく発揮している。

陛下は、その欲求を抑えたり、我慢させない方がニアノール様のためなのだと、多少は好きにさせているようだが。やはり自分の番が他の男に触れているのは我慢ならないものがあるのか、よく回収されている。

それでも懲りずに、陛下がいないとニアノール様は嬉々としてブラシを片手に部屋から脱走している。

その辺の使用人や騎士を捕まえてはブラッシングにマッサージに、あまつさえ顔を獣耳に近付けようとしたのを見た時は慌てて止めた。

ニアノール様は、我々騎士団の毛並みに思うことがあるらしく、王宮に来る度に目敏《めざと》く見つけられてはブラッシングされる始末。

……にこにこと近付いて来ては嬉しそうにブラッシングされると、毒気を抜かれるというか、イケない気持ちになるというか。気持ち良いから余計に、持ってはいけない邪《よこしま》な心を抑えるのに必死だ。

まだまだ若い騎士たちは、可愛い人族のニアノール様にブラッシングされるのは刺激が強すぎるらしく。いつも断られてはしょんぼりしているニアノール様を見て、我先にと尻尾を差し出す他の騎士たち。

……書類やら、報告やらを面倒がって王宮に行くのを嫌がるやつらばっかりだったのに、今やニアノール様に会えるとあって争奪戦だ。現金なやつらめ。

王宮内でブラシを持ったニアノール様が彷徨《さまよ》っていると、皆そわそわと牽制《けんせい》し合って自分の方に来てくれと念を飛ばす。

ニアノール様のブラッシングは、気持ち良くてほうっと思わず息が漏れるほど。マッサージを受けたことがある者は、とろけるようだったと話す。

皆、ニアノール様の目に映りたくて必死だ。

そして、今日も今日とて騎士を見つけてブラッシングを始めるニアノール様は、後ろから迫ってくる陛下に気付かず無邪気に笑った。

番外編　星の子祭り

――――獣人騎士side

「レン、明後日《あさって》に街で子どもたちのお祭りがあるんだって！　丁度、その日は何も予定ないし、行ってきてもいい？」

休憩中の陛下の部屋に来訪してきたニアノール様は、目を輝かせてそう言った。丁度、隊長が本日不在のため、報告書を持ってきた俺はそっと下がった。

「あぁ、星の子祭りか」

「子どもたちは皆、お菓子をもらいに街中に繰り出すんでしょう？　アルエードを連れて行くから、変なことしないから、見るだけだから、行きたい！」

――――星の子祭り。子どもたちの成長を願って開催される祭りだ。

子どもたちはカゴを持ち、大人に「星を下さい」と言うと、大人は必ず菓子を渡さなければいけない。飴玉《あめだま》を渡すのが主流だが、最近は小さい焼き菓子やチョコレートなど、様々なものを用意している者が多いと聞く。

ニアノール様は、使用人から星の子祭りのことを聞き、獣人の可愛い子どもたちを見たいと陛下に直談判しに来た様子だった。

「行きたい。レン、お願い！」

どうしても行きたいらしいニアノール様は、陛下の返事を待たずに矢継ぎ早にお願いすると、陛下の手を掴《つか》み、ブンブンと振る。が、我々より小さいニアノール様が陛下の腕を振ってもゆらゆらと揺らしているようにしか見えず。その非力さに守らねばと庇護《ひご》欲が湧いてくる。

微笑ましく見ていると、陛下はそんなニアノール様にとろけるような眼差《まなざ》しを向け、掴まれている方とは逆の腕をニアノール様の腰に回し自身に引き寄せた。

「わっ！　……ひっ……！」

そのまま、ニアノール様の首に顔を埋めた陛下は、カプッと甘噛《あまが》みしたのが分かった。俺は思わず、二人から目を逸らす。

「な、何で噛むの……」

「可愛いことばかりするな。閉じ込めたくなる」

目を逸らしたまま、二人の会話に耳を傾ける。可愛すぎると、噛みたくなるのは同じ獣人として分かる。何というか、可愛すぎてどうにかしたい衝動を発散させるような感じだ。

「その日は私が一緒に行く。ニア、用意する菓子は何がいいか決めておいてくれ」

そう言った陛下は、とことんニアノール様に甘い。……その日は確か、隣国との輸出入についての取引の話し合いが入っていたはずだが。まぁ陛下のことだ、どうにかするのだろう。

だが、陛下とその番であるニアノール様が街に下りるとなると、万全の態勢を整えなければならない。

陛下に至っては心配ないが、人族のニアノール様に何かあればただでは済まない。これは、隊長に要相談だ。

そう思いながら、陛下がチラッと俺を見たのを察し、書類を机に置き静かに退出したのだった。

「可愛い……可愛い……何あれ可愛い……」

星の子祭り当日。陛下とニアノール様は街に来ていた。ニアノール様の目の前では、子どもたちがたくさん、皆同じ服装で同じカゴを持ち、嬉《うれ》しそうに走ったり、座って菓子を食べたりと思い思いに楽しんでいる。

それを見てニアノール様は「可愛い」の連発だが、両手を口に当てているニアノール様こそ可愛くて、道行く者からチラチラと視線が向かっている。

そんなニアノール様の腰を抱き、彼しか見ていない陛下はその髪に顔を埋めて、仕方のない子だと言わんばかりの甘い眼差しで薄く笑っている。

白銀の毛並みを持つのは、ジーン国で陛下のみ。

それと同時に高い身長とその美貌《びぼう》で、すでに民からはチラチラと見られ、ばれてはいるが、星の子祭りは子どもたちが主役。それに、陛下とその番様が参加することは先触れしておいたため、騒ぎにはならない。

そんな中、ウサギの耳を持つ双子の子どもが、横から前を見ず走ってきた。ニアノール様にぶつかりそうになり、陛下が尻尾《しっぽ》をその子らの前に出して気付かせ止まらせた。

「わぁっ！　ごめんなさい！」

「わっ！　綺麗《きれい》な尻尾！」

双子は目を煌《きら》めかせ、陛下の尻尾をキラキラした目で見た後、思い出したように、

「星下さい!!」

と笑顔で陛下とニアノール様を見上げた。

「……うっ可愛いぃ……！　どうぞ、あげる……！」

揺れるウサギ耳に悶《もだ》えながら、用意していた星形のクッキーを二人に渡したニアノール様は、そのまま二人の頭を撫《な》でて獣耳を揉《も》みだした。

「こら、ニア。すまないな」

陛下がニアノール様の頬に唇を落とし、手をそっと離させた。

「ううん！　お兄ちゃんの手、気持ち良かった！　ありがと〜！」

声を揃《そろ》えてそう言った双子は、貰《もら》ったクッキーにキャッキャと笑い声を上げながら走って行った。

「天使だ……天使がいっぱい……可愛い……」

変わらず、子どもたちが楽しんでいる光景に、ニアノール様は恍惚《こうこつ》とした表情でうっとりと陛下にもたれかかった。

そんな二人は、ゆっくり街を見て回り、子どもたちは無邪気に陛下とニアノール様に菓子をねだりに来る。

また、頭を撫でてと言ってくる子もいて、感激したようにニアノール様が撫で回していた。

陛下はニアノール様を離さず、密着したままで楽しそうな様子に目を細めていた。

――そんな時、

「あぁ⁉　うるせぇな、そんなもん持ってねぇよ！」

大声が聞こえた方に目を向けると、旅行者であろう人族の男が、酔っているのか顔を赤くして叫ぶように言い、子どもを追い払うように手を振り上げようとしているのが見えた。

思わず、駆け寄ろうと身体を向けた時、俺の横を走って通り過ぎる者がいた。

……何が起こった？

唖然《あぜん》としていたのは、俺だけではない。周りが一瞬で、しん、と静寂に包まれた。その中で、ただ一人、陛下が悠然と足を進め、視線を集める中心人物を抱き込んだ。

「ニア、そんなものに触れるな。おい、連れて行け」

――俺の横を走り、一早くその男を制圧したのは、ニアノール様その人だった。気が付いた時には、その男の足を払い転がすと、背中側に腕を捻《ねじ》り上げ、首に手を掛けようとしているところだった。

陛下は周りの視線も気にせず、ニアノール様と、何が起こったか分からず呆然《ぼうぜん》としている男を離すと、近くの警備隊に引き渡した。

ニアノール様は、大声を上げられた猫獣人の子どもたちの方へ近付き、腰を屈めるとぎゅっと抱き締めた。

「可哀想に、怖かったね……こんな可愛い子たちに……」

すりすりと子どもの頭に頬を擦り付け、顔を頭を撫で回すニアノール様に、子どもたちはきゃっきゃっと嬉しそうに声を上げた。

「ニア、そのぐらいにしておけ」

陛下は、撫で回す手を止めないニアノール様を抱き上げると、自身もその子どもたちを一撫でして「祭りを楽しめ」と一声掛け、その場を後にした。

――星の子祭りが終わった夜、街の酒場で

「聞いたか？　陛下の番様、子どもに手を上げようとしたやつをぶちのめしたんだと！」

「俺、その場にいたぜ！　皆が動く前に颯爽《さっそう》と来たかと思うと、気が付いたら男をのしちまってたんだ！」

「私も見てたよ。その後、子どもたちを抱き締めて慰めて下さってね……。子どもたちは大はしゃぎだったよ」

「可愛いよなぁ、番様。王宮では使用人たちの毛並みを整えて下さったりもしてるそうだぞ」

「番様、楽しんでいる子どもたちを見てすごく嬉しそうだったわぁ。私たち獣人を愛して下さっているのよ」

「さすが陛下の番様だ。陛下も可愛くて仕方ないって感じだったな」

祭りの最中でもあり、人通りが多い中で起こったこの出来事は、ジーン国内に瞬く間に広がった。

ここから、ニアノールの獣狂いを、自分とは種族の異なる獣人を愛する慈悲深い王妃だと都合良く解釈される一つのきっかけとなるのだった。

――――同時刻、王宮にて

「許さない！　あんな可愛い子たちに！」

尻尾を撫でながら、祭りでのことを思い出しては猫獣人の子どもに手を上げようとしていた男に憤る番を見たレンは、

「酔いが醒《さ》め、反省しているようだったから罰金だけで済ませ、国外に出した。もういない者にかまってないで、私を見ろ」

と、愛しい番の顔中に唇を降らせ、その目が自身のものと合い、顔を赤らめたのを見て口角を上げるベッドに身体を沈み込ませたのだった。

番外編　僕の晴れの日

「え、父上が？」

朝食後にレンから言われたのは、リューン国王である僕の父上が来週、ここに来るということだった。

……僕、怒られないかな。

色々と父上の精神に打撃を食らわせてしまった覚えがある僕は、少し心配になる。

「何で？　何しに来るの？　僕は会わなくてもいい？」

そう聞く僕に、片眉《かたまゆ》を上げたレンは、

「……ニア、一体何をやらかしたんだ？」

少し可笑しそうに聞き返してきた。僕は、ちらっとアルエードを見るが、すっと視線を逸らされる。

「何だ、アルエードも共犯か？」

面白がっているレンに追及されるも、何とか言い逃れる。

レンの伴侶《はんりょ》として対応しないといけない時は、王族としての仮面を被るが、それ以外では仮面はその辺に落ちている。

そんな僕のことは、もう色々とレンにばれており、好きなように過ごさせてもらっている。誠に有難い。

ここでぬくぬくと暮らしている僕だが、父上はこの現状をどこまで知っているのか。心配しているのは確かだろう。

……でも、獣狂いがばれてもレンは僕と婚姻を結んでくれたし、終わりよければ全て良しなのでは？　と思い始める。結果的に、僕は幸せで、リューン国も平和で、父上の心配事も解決。

……あれ。僕、怒られることないな？

考えてみると、大丈夫な気がしてきた。うんうんと頷《うなず》いている僕は、アルエードが心配そうに見ているのに気付かない。

「大丈夫、ちゃんと父上をもてなして、僕の成長を見てもらうよ」

レンは、そんな意気込む僕を引き寄せて額に口付ける。

「何をしてもいいが、私のいるところでしてくれ」

……僕を信用してくれているんだよね？

少し口を尖《とが》らせる僕に、レンは唇を摘まんでくる。

「……はにふんの」

「その口を見ていたら、可愛がってやりたくなる」

レンの瞳《ひとみ》が熱を帯びてきたのを見て、僕は慌てて唇を摘まむ手から逃れる。そんな僕を笑ったレンは、仕事のため部屋を退室。

僕がアルエードを連れて部屋に戻ると、しばらくして仕立屋が訪ねて来た。今日は、ジーン国での僕の正装となる服を仕立てるため、採寸してもらうのだ。

「本日はよろしくお願いします」

頭を下げて入ってきたのは、アライグマの獣耳が見える女の人二人。姉妹で営んでいるらしい店は、王宮御用達《ごようたし》の名店だと使用人に聞いた。

「こちらこそ、よろしくね」

……そう穏やかに始まったはずだったのだが。

「こちらはいかがでしょう⁉　これは南方で着られている服で……」

「この北方で流行《はや》っている、襟の装飾が素晴らしい服で……」

――あっという間に僕の着せ替え人形劇に変わってしまった。

あちらこちらの綺麗《きれい》な服を取り出しては、僕に合わせて素晴らしい、お可愛らしいとひたすら褒められてされるがままになっている僕です。

シンプルな服が好みの僕は、必要がなければ装飾品は着けないし、無地のものも多い。聞くと、それを見かねた使用人に着飾って欲しいと言われたのだとか。

アルエードを見るも、一緒になって僕に着せる服を選んでいる始末。

……いつ終わるんだろう。

少し疲れてきたが、嬉《うれ》しそうに揺れている獣耳と尻尾《しっぽ》を見ると、もうしばらく付き合ってもいいかなと思ってしまう。

「ではこれら全て、買い取りでお願いします」

やっと終わった着せ替えの後、アルエードがアライグマ姉妹にそう言っているのを聞いて思わず待ったを掛ける。

「そんなにいらないよ。それに、僕の身体が大きくなったら入らなくなっちゃう」

「ニアノール様、もう成長期は終わりました。大丈夫ですよ」

……失礼すぎる！　まだ背が伸びるかもしれないじゃないか！

「陛下にも許可をいただいていますし。ニアノール様は放っておくと同じようなのばっかり着ようとするでしょう。私はずっとこの日を楽しみにしていたんですよ」

ほくほくと嬉しそうに服を買い占めるアルエードに、疲れた僕はもう好きにしてくれとソファに横になった。

「これも良かったですね。ここの裾《すそ》を丸くできませんか？」

「こちらもとても良くお似合いでしたわ。この色違いもどうでしょう？」

「この服は外せませんわ！　こっちも丈を詰めて、上は広がるように調整しましょう！」

僕の服討論を思う存分行った3人は、手を握り合い解散した。満足気なアルエードに、次は装飾品を選びに行きましょうと、商人が来ている部屋へと背中を押される。

「こちらの方はカット数が多く、光の当たり方が……」

「この色合いはいいですね、あの服とも合いそうです。このブローチの宝石は……」

商人とアルエードが僕そっちのけで言い合い、選び合っている。僕の物だよね……？

宝石や物の良し悪《あ》しなどは、小さい頃から審美眼を鍛えろと教育されてきたためある程度は分かるが、自分が着けるとなると途端に分からなくなる。

僕は、もうすでに選ぶのを放棄して、目の前でアルエードと生き生きと話している商人の猫耳を見ていた。グレーの毛並みと同じ色の尻尾。可愛い。することがなくて暇でも自然と微笑みが漏れる。

「では、これらを買い取らせていただきますね」

「ありがとうございます。では、加工の注文を頂いた物たちは出来上がり次第お持ち致します」

……ようやく終わったらしい。アルエードは、最近見たことがないほど満足気だ。

それから、夕方になると入浴にマッサージが付くようになった。

……僕があなたたちにしたいのだが？

表情から心の声が漏れていた僕に、使用人の皆は苦笑しつつも、「陛下からの御命令ですので」と全身をピカピカにしてくる。

魔力を持つ僕は簡単な魔術であれば付与、行使することが可能だ。また、魔力持ちは身体が丈夫な者が多い。無意識に流れる魔力で強化されるためだ。作物が育ちやすい、いわば栄養がたくさんあると考えると分かりやすいだろう。

だから、僕の身体は磨かれなければいけないほどではないと思うのだが。健康なのだが。

腑《ふ》に落《お》ちない僕は、首を傾げる。

夜、寝室でごろごろしていた僕に、入浴を終えたレンが覆い被さってきた。

「わっ！　……ふっふふふ。くすぐったい……！」

スンスンと首に顔を埋められ、くすぐったさに身をよじる。

「香の匂いがする」

「あぁ、マッサージされた時に塗られたやつかな？」

そう答えながら、レンの獣耳を触りマッサージし出す僕に笑う様子が伝わってきた。

「あっ、こらっ……んっ……！」

レンは、そのまま首筋を舐《な》めてきたかと思うと、服の裾から手を侵入させてきて、敏感なところを指で触れてくる。

「レン……っちょっ……んんっ……！」

口を塞《ふさ》がれ、侵入してきた舌を押し返そうとするも、絡められて息を奪われる。熱を持ち出した素直な僕の身体は、そのままレンの手に翻弄《ほんろう》されてしまった。


「うぅ……。尻尾、尻尾ちょうだい！」

何がスイッチだったのか、足腰を立てなくされてしまった僕は、目が覚めた時にレンに物申した。

レンはそんな僕の前に、自身の尻尾を寄せてくれる。僕は、両手でレンの尻尾をかき抱くと、顔を埋めてスーッと深呼吸を繰り返す。たまに、くすぐったいのかモスッと揺れて頬に当たる。

……うぅ、可愛い……。

結局何をされても許してしまう。だって可愛いんだもん。可愛いは正義。可愛いの前では、僕は無力だ……。

そんな僕を理解しているレンは最近容赦がない。尻尾を出せば、獣耳を触らせれば許されると思っているワンちゃんめ。

「犬じゃない。狼《おおかみ》だ」

昨日のことを思い出して、顔を赤くしながらジトっとレンを見ている僕の瞼《まぶた》に唇を落とし、意地悪気に笑って言う。

「今日は休め。昨日は疲れたんだろう」

……疲れを倍増させた人が何か言っているのだが。

尻尾を放さず視線で訴え続ける僕に、口角を上げたレンは、両腕を僕の顔の横に降ろし、閉じ込めるようにして顔を近付けてきた。

「わぁっ！」

慌てて尻尾で顔を隠す僕から、無情にも尻尾は引き抜かれる。ぎゅっと目を閉じると、ちゅっと音を立てて口に柔らかいものが押し当てられ、離れた。

一瞬だけのそれに、僕はぽかんと目を開け、退こうとするレンの裾を思わず掴《つか》む。

「何だ、足りないなら言え。……可愛すぎるのも考えものだな」

自分のしたことを自覚し、顔が熱くなる。嬉しそうに近付いて来るレンに、わたわたとシーツの中に隠れた僕は、あっという間に剥《む》かれて縫い付けられる。

そんな僕は、部屋に響き渡るノック音でようやく我に返り、聞こえぬフリしてまだ続けようとするレンを何とか離して仕事へと見送ったのだった。

それから、好きな料理や食べ物、花や色、様々なものを選ばされる日々が続いた。

首を傾げる僕も、とりあえずそれに答えていく。

「ねぇ、最近何か選ばされたり買ってもらったりすること多くない？」

アフタヌーンティーの準備をしているアルエードに問う。

「そうですねぇ。そもそも、坊ちゃんはリューン国から例のケースしか持って来ませんでしたし、今あるのはすでに用意されていた物ばかりでしょう？　坊ちゃんの好みや意向を汲《く》んだ物がありませんし、陛下もそれが分かっているから色々と揃《そろ》えたいのでは？」

……うん、まぁ、そうなんだろうなぁ。

この国に来た時、そもそも僕は数年でリューン国に戻る予定ではあったから、それなら大切な物だけ持って行こうと思ったんだった。どうせ、服とか身の回りの物は用意してもらえるだろうと思って。

だが、レンがいる限りこの国で過ごすと決めたことから、僕の物が必要となってしまった。ジーン国王の伴侶として見られているという意識も持っていなければならない。

……のだが、着飾られることにどうも慣れないのだ。

「でも僕、何でもシンプルな方が好きなんだけど」

「あ〜そういえば、坊ちゃんがまだ小さい頃、陛下が良かれと飼っていた子たち用に宝石がついた首輪とか服とかプレゼントして、坊ちゃん怒り狂っていましたね」

……怒り狂っていたって言われるのは何だか嫌なのだが。

だが、毛皮を持つ子たちは、その姿こそ至高の姿なのだ。最高級の毛並みを維持させるための世話は惜しまなかったし、それを隠す服を着せるなど父上は何を考えているのだと怒った記憶はある。

寒さや暑さ対策、汚れ対策などで服が必要となる子もいるが、そもそも父上はそんなことも分かっていなかった。ただの見栄えのために寄こしたのだ。

それに、首輪に宝石なんて。重たいし、もし外れて誤飲してしまったらどうするんだと、烈火の如《ごと》く怒った僕。

今思えば、そこまで怒らなくても良かったな。冷静に危険だし、不要だと言えばいいだけの話だった。

「父上、元気かな。もう少ししたら来るんだよね」

「そうですね。数日後に来られると聞いていますよ。……坊ちゃん。私も怒られるんでしょうか」

「うん？　怒られることなんてないじゃん。何かしたの？」

きょとんとする僕に、アルエードは胸に手を当てた。

「そう、そうですね。でも私は陛下の心労を思うと胃が……」

不思議なことを言う侍従である。僕がやることと言えば、父上をもてなすことだけ！

頑張るよ、と言う僕に、アルエードは不安げな視線を向けてくるのだった。

……いよいよ、今日は父上が来る日。僕は前日、いつもより早く入眠。万全を期して臨もうと思っていたのだが……。

「え、正装？　正装するの？　……そういうものなの？」

何故か朝から使用人たちが来て、あっという間に服を剥かれ、パックにマッサージ、オイルを塗られ、果てには仕立ててもらった服を着ろと言われる。

髪の毛もセットされて、いつもと違いパーティーにでも行くような装いだ。

服は白を基調としており、金色の刺繍《ししゅう》があちらこちらに散らばり、光を反射している。両肩に布が掛けられ、前をクロスするように通って後ろで結ばれる。

腰から下は、歩く度に布が揺れてふわっと裾が広がる仕様だ。白い花をモチーフにした飾りを耳上に着け、雫《しずく》の形をした金色の細かな装飾が揺れる。

……父上に会うだけで、ここまでするの!?

心の中の何人もの僕は、装飾されたお高いだろうティーカップに慣れない様子でそわそわしている。

これもレンと婚姻を結んだからなのか。僕の父上といえど、他国の王と会うからなのか。

されるがままに、どんどん煌びやかになっていく僕は、促されるまま部屋を出され、どんどん奥の方へと誘導された。

「ねぇ、どこに行くの？　父上はもう来ているの？」

揺れる尻尾《しっぽ》を見ながら、使用人に聞く。

「ええ、ええ、もう揃っておいでですよ」

にこやかに答えられた時、足を止められる。そして目の前の大きな扉が開かれた先では……。

「ニア」

紺色の騎士のような服に身を包んだレンが、僕を待ち構えていた。堂々とした立ち姿とその美貌《びぼう》によく似合っていて、思わず見惚《みと》れるが、はっとして聞いた。

「……レン、どうしたのその格好。それに……わっ！」

近付いてきたレンは、僕の背中と膝《ひざ》裏に腕を入れて抱き上げてきて、咄嗟《とっさ》に首に抱き着き落ちないように安定させる。

くるっと開いた扉の方へ向いたレンは、僕を抱えたまま足を踏みだした。すると……。

「「「ご結婚、おめでとうございます！！！！！」」」

大勢の使用人たちが勢揃いしており、大きな拍手とともに祝福の歓声を浴びる。

「え……え……？」

唖然《あぜん》とし、周りをきょろきょろ見てレンを見て、落ち着かない僕。そんな僕の額に唇を落としたレンに、立ち止まったところでそっと降ろされる。

呆然《ぼうぜん》としたままレンを見上げ、辺りを見渡した時、

「……ニア。お前には、言いたいことが山ほどあるが。またの機会にしよう」

聞き覚えのある声が聞こえた。

「父上！　え、ここにいらしたのですか⁉」

「何を言うとるんだ。いいから、早くシュナベルト陛下の方を向きなさい」

何かかみ合ってない気がするが、はてなを浮かべたままの僕は言われる通りにレンの方に向いた。

「ニア。驚かせてすまないな。遅くなったが、今日は君のお披露目だ。……あまり君の可愛い姿を見せたくはないのだが、仕方ない」

膝をついたレンに、手を取られ、そこにそっと口付けられる。

「……お披露目？」

「結婚式、と言った方が分かりやすいか？」

……結婚式。結婚式！　僕とレンの⁉

「な、何で言ってくれなかったの⁉　レンのブラッシングも、マッサージも、トリミングだって、最高の状態に仕上げたのに！」

「君の手腕で私はいつも艶々《つやつや》にされているから問題ない」

「皆のだって、もっと綺麗《きれい》にしたかった！」

「……ニア、ここで他の者に触りたいなどと良く言えたな。……夜を楽しみにしておけ」

耳元で言われた最後の言葉に、肩がビクっと揺れ、顔が熱くなる。

立ち上がったレンは、僕の顎《あご》にそっと指を添えると、くいっと上げて唇を合わせてきた。

「ちょっ！　……んっ……！」

レンの腕を掴むが、気にせず、何度も角度を変えて合わせてくるレンに、周りの視線を感じて顔がどんどん熱くなった。

ようやく離れた時、周りから拍手が一斉に鳴り響く。

心の中の何人もの僕は、顔を赤くしたまま、ソーサーで顔を隠してわたわたと動き回っている。

「ニア。私と生涯添い遂げてくれるな？」

僕を抱き寄せて、有無を言わせない問い掛けに、

「……ずっと、僕の欲求を満たしてくれるなら」

僕は半分本音、照れ半分で返した。それに笑った様子のレンは、喜んで、と笑って言うと僕をまた抱き上げた。

「わっ、え、どこに行くの……？」

口々におめでとうございますと祝福してくれる使用人たちと父上を置いて、入ってきた扉を出ると、上階へと足を進めて行くレン。

開け放たれた扉の向こうには、青い空が広がっている。

僕を抱き上げたままのレンが外に踏み出すと、王宮の外は、押し寄せた民で溢《あふ》れかえっていた。

「「「「わぁーーー！！！！」」」」

大歓声の後、見上げている民は皆笑顔で、口々に祝いの言葉が投げかけられる。

呆然としていた僕は、はっとし、手を振る民たちに振り返す。すると、またしても歓声が上がり、その度に揺れる皆の獣耳と尻尾に愛しさで胸がいっぱいになる。

……この愛しい存在たちが暮らす国。ここを、僕はレンと守っていくんだ。

今この時、僕は確かにジーン国の王としてのレンと婚姻を結んだことを実感した。

そんな僕の額に口付けたレンは、もういいだろう、と手を上げると民の声は一瞬で止み、しんと静まり返る。

「私の番となったニアノールだ。集まってくれたこと、感謝する。これまで通り、国が為に生きよ。ならば、我々は民が為に生きることを誓おう」

そう口角を上げたレンに、割れんばかりの歓声と拍手が僕たちを包む。それに満足したレンは、僕を抱えたまま部屋に戻るために踵《きびす》を返し、その背で皆の想《おも》いを受け止めた。

「父上は、この日のために来たの？」

お披露目が終わり、早々と部屋に戻ってきたレンに、僕は聞いた。

「あぁ、都合を付けてもらった。……それにしても、ニア。よく似合っている」

すりっとレンの手が僕の頬を撫《な》で、熱を帯びた金色の瞳《ひとみ》で全身を見つめられる。

「あ、ありがとう。この国の正装って白で綺麗だね。レンの服はまた違うんだね、初めて見た」

気恥ずかしくなりながら返すと、

「それは今日のためだけの正装だ。何だ、気付いてなかったのか。そんなに私の色で包まれているのに」

腰に腕を回されて抱き寄せられ、言われた言葉にはっとした。

……た、確かに。あ、刺繍も金色……！　え、あ……！

そして、レンが着ている服の色が、自分の良く知る色であることに気付き、お互いがお互いの色に包まれていたのだと知る。

……何か恥ずかしい！

お互いがお互いの色を身に纏《まと》って皆の前であんな……！

「……ん？　ねぇ、式って、もっとこう、儀式みたいなものじゃないの？」

何が何だか分からないままで流れていったが、結婚式ってもっと格式ばったものなのではないのだろうか。ふと、思い出しながら疑問を持つ。

「基本的には番となる者たちが誓えば、それで終わりだ。今回は、君を着飾りたいと使用人たちに言われてな。私色に染めると言うから許可しただけだ。ついでに民にも披露しておこうと思ってな」

誓えば終わり、使用人たちが僕を着飾りたい、服も決められて……？　何も知らなかったのだが？

「僕だけ何も知らなかった……」

「すまない、君を驚かせたかったんだ。それに、私も楽しみにしていた」

光にキラキラと反射する生地を使った僕の服に、レンは指を滑らせながら満足気に口角を上げる。

「可愛い、私の番」

するっと背中に手を回したかと思うと、途端に服が緩み、慌てて布を押さえた。

「え、この後はどうする……ちょっ、待って！」

「まずは君を愛させてくれ。もう限界だ」

はだけてくる布を押さえても、腰に巻かれている布をずらされ、手がそこから差し込まれる。太ももを撫でられ、後ろに回った手で感触を楽しむようにお尻《しり》を揉《も》まれる。

「レンっ……んぅ……！」

言葉を紡いだ時、噛《か》みつくように唇が重なり、舌で歯列をなぞられ上顎《うわあご》を舐《な》められ、奥に引っ込んだ僕のそれと強引に絡められて息が漏れる。

「はっ……は、ぁ……っ……！」

息が苦しくて、逃げようとした後頭部に手が差し込まれると、深く口付けられ、体温が上がる。

「レ……ン……はぁっ……は……ぁ……」

唇を離された時、至近距離で獰猛《どうもう》に光る金色の瞳と目が合い、ぼやける視界で呼吸を整える僕は、逃げられないと息を呑んだ。

「……ニア。君が私の色に染まっているのを見るのは、案外クるものがあるらしい」

はぁ、と息を吐き出したレンは、僕の顔の横に頭を埋めると、耳元でそう囁《ささや》いた。耳にかかる熱い息に、僕は思わずビクつく。

「ひっ……ん……」

耳を口に含まれて、熱い舌で舐められ、直接響く水音に腰が疼《うず》いて身を捩《よじ》らせる。そんな僕を逃がさないと腰を密着させられ、緩く立ち上がっているところが擦れて声が漏れた。

「あぁ……っ……ふっ……そこ、当てないで……っ！」

耳を舐められながら、僕の足の間にレンの足がぐっと入れられて、そこに刺激を与えられる。

「ニア。気持ち良いな？」

「んっ……耳元で、しゃべんないで……！」

力の入らない僕は、レンにもたれかかるように身体を預けており、離れると布が落ちてしまう。

レンはそんな僕を抱き抱えると、寝室へと足を進め、ベッドにそっと降ろす。覆い被さってきたレンは、自分の服のボタンを外しながら、唇を降らせてきた。

布をかき分けた中に手を入れられ、すでにピンと立っている飾りを指先でいじられる。

「んっレン、あぅ……っ……あぁっ……！」

片方は指でいじられ、もう片方は口に含まれて舌先で転がされ、下に伸びた手は、硬くなっているところを容赦なく掌で包み遊ばれる。

同時に与えられる強い快感に、身体はびくびくと刺激に合わせて揺れる。

「はぁ、はぁ……ん、何で……」

達しそうになった時に、刺激を止められ、涙目でレンに縋《すが》った時、ズンっと硬く熱いものが後孔に押し当てられ、気付いた瞬間にはそれが自身の中へと入ってきた。

「あっ、あっ、んぅ……あぁっ……！」

「っニア、ほら、我慢しなくていい」

腰を打ち付けられながら、敏感なところを擦られ突かれ、口付けながら言われた言葉と同時に達した僕は、体の熱が少し落ち着く。

「……え、あっ、待って、あぁ……っ！」

そんな僕におかまいなく、再び中を突かれる感覚に声が上がる。

「……一度で、終わるはずないだろう」

不敵に笑ったレンの瞳の熱は冷めず、捕食者の視線を向けられ、かき抱かれながら、再び快感ばかりが与えられて僕は意識を飛ばした。

「あっ……レン、レン……お願い、んん……っ！」

「……っニア。はぁ、可愛いな。ほら、腰が揺れているぞ」

いつの間にか、レンの上に跨《またが》り、快感を拾おうと自分で腰を揺らしていた。両手はレンの指に絡められており、腰を下ろす度に刺激が走り、声が漏れる。

「んぅ……あっ、もう、レンがしてぇ……っ！」

安定しない刺激にじれったさを覚え、レンにお願いする僕を、絡めた手でそのまま押されて形勢逆転される。僕を見下ろすレンは、容赦なく腰を打ち付け、ひっきりなしに僕は声を上げ続けた。


「やりすぎですよ。ニアノール様は、リューン国王ともお話ししたかったのではないですか？」

……僕たちは、あれから3日間寝室にこもって致していたらしい。

宰相様が扉を叩《たた》き、部屋の外に出たレンと何やら話をしていた。戻ってきたレンは僕の身体を拭《ふ》いて服を着せると、抱き上げてソファに降ろした。

……僕はちなみに、声は掠《かす》れて出ないし、身体に至っては怠《だる》すぎて動けない。

横抱きにされた僕は、顔をレンの胸に押し付けられており、存在は感じるが宰相様の姿が見えない。

ソファの向かい側に座ったであろう宰相のラント様は、まずそう切り出したのだった。

「全く、今日帰られる予定だから、リューン国王様に一目だけでも会わせてあげなくていいんですかと聞いたじゃないですか」

宰相のラント様が呆《あき》れたように言っているのが聞こえる。

……あれ、誰が帰るって？　リューン国王とは父上なのでは？

僕は顔をラント様の方に向けようともぞもぞすると、

「こら。大人しくしておけ」

後頭部に手を差し込まれて、頭のてっぺんに口付けられ窘められる。どうあっても僕は顔を出してはいけないらしい。

「けほっ……父上、げほっ……帰る……？」

何とか視線だけレンに向けて、頑張って言葉を出して聞く。

「……あぁ、今日国に帰るらしい。ニア、ほら水だ」

そう言ったレンが、何故か自分で水を飲んだかと思うと、口付けられ、開かれた唇から水が流れてきて思わず飲み込んだ。僕は、離れていった唇を追おうとレンの胸に手を突き、首を伸ばそうと

したところで、

「……こほん」

咳払《せきばら》いが聞こえ、はっと我に返った。その瞬間、恥ずかしさで全身が一気に熱くなり、レンの胸に顔を押し付けできる限りきゅっと小さく縮こまった。

……わぁぁぁ!! 僕は何を……!

レンとずっと引っ付いていたから、距離感や触れ合いに対し抵抗がなくなっている。人前で何てことをしてしまったのだ。……僕はもうここに住みます。レンの腕の中で覚悟を決めた。

「もういいのか？ ニア、まだあるぞ」

耳にわざとちゅっと音を立ててキスをしてくるレンの声は嬉《うれ》しそうで、余計に居たたまれない。

……ちょっと放っておいて欲しいのだが!?

「陛下、ニアノール様を離したくないのは分かりますが、挨拶《あいさつ》ぐらいさせてあげては？」

「……ニアは声が出ない」

「わざと出せなくした人が何を言っているのですか。ニアノール様、お会いになりませんか？ 今、下でお待ちになられていますよ」

「……あ、会います」

父上が帰るらしいと思い出し、何とか声が出るようになった僕を抱えるレンの手に、少し力が入ったのが分かった。

……？

違和感はあったが、僕は立ち上がったレンに慌ててしがみついた。僕はそのまま、レンの胸に顔を埋めた状態で立ち止まるのを待った。

扉が開かれた部屋に入っていくのを感じながら、僕は少し顔を上げた。

「……リューン国王、待たせたようで悪かった。本日、帰国するのだな。道中、気を付けるように」

入った部屋で、淡々と言うレンに、僕はもぞもぞと何とか父上の方に顔を向けた。

「お気遣いいただき、ありがとうございます。そう警戒されずとも、もう隠していることは何もありませんよ」

苦笑する父上がレンにそう言い、

「ニア、お前にとってみたら、ここはまさしく天国のような国だろう。だが、王と共に生きることは国そのものとして生きることだと自覚しなさい。もし何かあったら……いや、お前は何かあっても我が国には帰ってこないだろうな。まぁとにかく、しっかりやっていきなさい」

僕を見て、穏やかに続けた。

「私の心労について色々と言いたいことはあったが、もういいさ。幸せそうだし、水に流してやる」

「何言っているのですか、父上。僕が心労を掛けるわけがないじゃないですか。あと、何かあっても僕はこの国にいます。出て行くわけがないじゃないですか」

獣人たちで溢《あふ》れる国から出るなんて、そんなもったいないことする訳ないじゃないかという僕の心の声は、きちんと伝わったらしい。

引き攣った顔で父上が笑った。

「この通りの息子です。どうか、よろしくお願いします」

そう締め括《くく》った父上は、僕たちに見送られて王宮を後にしたのだった。


「ねぇ、レン。どうしたの、何か変だったよ」

父上が帰った後、僕はいっそう離れなくなったレンに聞いた。

「……リューン国王が来た時に、少し話をした。君と、他の王族を数年後に取り換えてもらう予定だったとな」

酒も入っていたから、口を滑らせたのだろう、と続いたレンの言葉に思わず固まった。

「あ、あ、それはその……」

まさか、なかったことにしたであろう話を、父上がうっかり口を滑らして言ってしまったとは。

「分かっている、もうそんなつもりはないと。もし番を奪われるようなことがあれば、獣人は容赦しない。原因となったものを狩りつくすだろう」

……リューン国が危機です。心労とか言っておいて、父上の方がやらかしているじゃないか。

割と過激な僕の番。いや、獣人自体が結構過激な生き物なのか？　でも戦っているところも見てみたいなと、現実逃避という名の考えが出てくる。

「えっと、まさか僕を受け入れてくれるとは思ってなくて。僕みたいなのは、基本的に成人したら国を出ることが多くて」

「全て聞いた。歴代の王族にも、君のように特化した趣味嗜好《しこう》を持つ者がいたと。皆、王族の身分を捨て、国を出て好きに生きているのだと」

……おぉ、もうこれは全部知っている感じだ。全部言っちゃったんだ。父上、何が心労だ！　心の中の何人もの僕は、父上に見立てた人形の上からティーカップを傾け、紅茶を浴びせて溺《おぼ》れさせている。ちょっとしたホラーだ。僕よ、静まりたまえ。

何とか深呼吸して自分を落ち着かせる。

「そう、僕も成人したら出て行くつもりだったよ。まぁ、出て行くっていっても、もともと僕が行きたかったのはこの国だから……」

……あれ、そうだった。そもそも、僕はまず国を出たら、ジーン国に行きたかったんだった。その後、動物と共存しているというラモール国に行こうと思っていたんだった。

「ねぇレン。新婚旅行って行くの？　行くのならラモール国に行きたい！」

「……待て、ニア。話が飛びすぎだ。どこから新婚旅行の話になったんだ」

間違えた、先走ってしまった。

「あのね、ジーン国とラモール国は絶対に行きたかった国でね、ラモール国は動物がいっぱいなんだって。動物がいっぱいなんだよ？　町中に動物がいるんだって。可愛いよね」

「ニア、だから……。はぁ、もういい。もう君は私の番で、この国の王族となったのだから。ラモール国に行く段取りは、また後日だな」

先に何故ラモール国に行きたいかを伝えるべきだったと思い直して説明したが、レンはそんな僕に苦笑しそう返してきた。

「君がこの国を愛してくれているのは分かっている。……今となっては、君が獣狂いと言われる特性を持っていることに感謝だな」

……そりゃ愛していますが？　もう僕はこの国の王であるレンと婚姻を結んだんだからね。頼まれたって出て行かないから。王族だってことを前面に出して居座ってやる所存です。

僕は胸を張って言うと、それを聞いて珍しくレンは声を上げて笑ったのだった。

番外編　レンウォールの想い

――――レンウォールside

「いいじゃないですか、人族は可愛いものですよ。連れて行くだけでも陛下の威圧が和らぐなら安いものです」

先日、人族の国であるブライト王国を嬉々として滅ぼしてきたやつが言うことか。

宰相であるラントが、リューン国から王族を嫁がせる算段を勝手に組み込んだと聞いた時、また面倒なことを、と顔を顰《しか》めたのを覚えている。

ラントがそう考えたのは理解できる。リューン国、毒にも薬にもならない国、という印象。最近は、魔力を有している国民が多く、作物が実りやすい傾向があると噂《うわさ》にはなっていたが。

どこかの国と共謀して、策略を巡らせて、巨大な後ろ盾があって、なども何もない国。平和な国、婚姻を結んだとて不利なこともなければ利益があるわけでもない。

そんな国だから、未だ番を持たない私に実験的に嫁がせてみようと考え、実行させたラントの腹黒い笑みが思い浮かぶ。

だが、嫁いでくると聞いた第4王子は獣人嫌いだと。

……面倒な。8割が獣人で占める国に、獣人が嫌いと豪語する者が嫁いできて上手くやれるものか。

だが、何を言ったところでラントの気は変わらないだろう。

あれは長寿であるエルフの一族。見た目こそ変わらず若々しいが、歴代の王を支えて来た重鎮だ。私も幼い頃から世話になってきたため、あれの面倒臭さは理解している。

……はぁ。

溜《た》め息《いき》も出る。だが、決まってしまったことは仕方がない。ジーン国王として、迎え入れなければならない。

私は、見目で分かる獣人の特徴を隠せる者を重点的に置いて、リューン国から来る第4王子を迎え入れるための準備を進めた。

リューン国第4王子が来る当日、私は仕事に追われており、気が乗らないながらも何とか休憩時間を作り、出迎えた。

……何だ、この小さい者は。

第一印象は、それだった。あまり見掛けない紺色の髪と瞳《ひとみ》。身長差があるため、見上げるのは自然と上目遣いになっていた。

……獣人嫌い？

表情は作らず、無表情ではいたが、私の尻尾《しっぽ》を目の端で捉《とら》えているのが分かった。それに、獣人を嫌う者が持つ、特有の嫌悪が感じられない。

王族としての振る舞いを徹底しているのであれば分かるが、目は口ほどに物を言う。

それに、獣人は鼻が利く。人族は特に、それぞれが特徴的な匂いを持ち、感情によって匂いが変わる。一部の獣人しかそれを嗅《か》ぎ分けることはできないが、私は他の獣人よりも鼻が利く方だ。

……感情に負のものが混じっているのが感じられなかった。

初対面は、私が多忙であったため挨拶《あいさつ》のみとなってしまったが。情報と会った印象が異なるニアノール・リューンハルトという人間に、すでに私は興味を惹《ひ》かれていた。

私は、彼が獣人嫌いではないだろうと予測を立てた。リューン国は平和な国で、訪れたことのある獣人もいる。

それらから聞いたのは、獣人は人と比べ大食いだから、定食屋で余っている作物を使った料理をたくさん食べさせられたという話や、荷車を押してくれと言われた後、家に招かれそこでも大量にご飯を食べさせられたなど、平和ボケしたような話ばかりだった。

獣人は自分より小さい者に対し、庇護《ひご》欲を抱くことが多い。危害を加えられるなら話は別だが、そうでないなら、獣人が力の差が歴然としている人に暴力を振るうことはほとんどない。

彼が獣人嫌いだと言っているのなら、問いただすことはしないが、どうも会った様子から腑《ふ》に落《お》ちない。

「ラント。彼は獣人嫌いと聞いたが、確かか？」

「えぇ、そう聞いておりますよ。聞いただけですがね。本当かどうかまでは調べていませんよ。嘘でも本当でも、特に支障ありませんからね」

ラントに聞くも、返ってきた言葉は無責任なものだった。

……こういうやつだ、こいつは。

私は、ニアノール・リューンハルトの反応を見てみようと、獣人の護衛としてミルワードを付けてみることにした。

ミルは、血の繋《つな》がりはないが私の遠い親戚《しんせき》にあたる。幼少期から会ったことがあり、私を兄のように慕ってくれている。まだ子どもだが、もし何かされそうになっても人族一人に後れを取るような者ではない。また、色事に関しても、成熟しきっていないため心配はない。それらをふまえて、断られるのを覚悟で行かせたのだが。

……数日後に聞かされたのは、護衛を了承されただけでなく、毎日夜にミルがニアノールの部屋を訪れているということだった。

……面白くない。

聞いた時に出てきたのは、不満を表す言葉だった。また、夜に、二人が親密に部屋で過ごしているのを想像すると腸《はらわた》が煮えくり返るようだった。

……まだ子どもであるミルにそんなことを思うとは、大人気ないな。

だが、そこからは私が時間を作り、ニアノールの部屋へと訪れるようになった。

少し近付けば、ポーカーフェイスを維持しながらも戸惑っているのが分かる反応に口角が上がる。

それに、自分では気付いていないようだが、私が尻尾を揺らす度に視線が僅《わず》かに追っている。

覆い被さってしまえば、すっぽりと隠れてしまいそうな小さな身体に、触れればくすぐったそうに身を捩《よじ》り漏れる声。押し倒してしまえばどのような顔をするのか、試してみたい衝動に駆られる。

そんな中、騎士団からニアがトレーニングをしている所に現れたと報告を受けた。騎士の中には服を脱いでいた者もいたと聞き、それをニアが見たと知った時、私の中には怒りにも似た激情が湧きあがってくるのが分かった。

夜に訪室した時、自分の激しい感情をぶつけないように抑えはしたが、ニアの初々しい反応に多少暴走してしまった。

……あれを、私の番にする。

もう自覚した。あれは私の番だ。反応一つ一つが可愛くて仕方ない。頑張ってポーカーフェイスを保とうとしているのも、それがばれていると気付いていないのも、何もかも愛しい。

それからは、紆余曲折《うよきょくせつ》あったが、ニアは私の番であることを理解し、婚姻を結んだ。

……婚約期間はニアが獣人に慣れるためだとか言っていたが、他の王族と取り換える算段だったと聞いた後はそのためだったのだと察した。

「結果オーライですね。陛下は番ができて、外交に関しても以前よりスムーズになりました。リューン国からは作物がたくさん輸入されるようになったし、リューン国は我がジーン国が後ろ盾になったことで、不利な条約や契約を結ばされることがなくなったそうですよ。うまくまとまりましたね」

ニアが私やラント、外交官として働く者に付き添うようになり、外交は格段にスムーズに進むようになった。

ニアはぽやぽやしているようで、頭は回るし口も上手い。何より、獣人である我々の横にニアがいるだけで相手は毒気を抜かれ、気が緩む者が多い。

「……結局、お前の思い描いた通りになったわけだな」

満足気に笑うラントに、私は呆《あき》れながらも、ニアと出会わせてくれたことに感謝はするも釈然としない思いに苦笑した。

「あっ、ラント様！　騎士団が次来るのはいつ……。わっ！　レン、今日いないはずじゃ……！」

そんな中、いつものようにじっとしていない私の番が、突然現れたかと思うと、言い掛けた言葉を飲み込んでぴゃっと逃げ出した。

私は、ラントに尋ねようとした内容を問いただそうと、愛しい番が逃げ出した後を追ったのだった。

「……私も、ニアノール様が獣狂いと呼ばれているほどの獣人好きだったのは予想外だったんですがね。まぁ、何にしても、ニアノール様以上にジーン国王の伴侶《はんりょ》としてふさわしい人はいないでしょう」

そんな私たちの後ろで、ラントもまた苦笑し呟《つぶや》いたのだった。

番外編　宝物

……何か調子が悪い。

最近、食欲がなくなることが増えた。食事を残すことが多くなり、様子を聞いたシェフがわざわざ厨房《ちゆうぼう》から出てきて僕の皿を見る。すると、獣耳が垂れ、尻尾《しつぽ》が弱々しく下がってしまう。それを見て僕は胸が痛む。物凄《ものすご》く痛む。本当にごめんなさい。

そんな姿にしているのが自分だと思うと、余計に自分が許せない。

だが最近、何だか身体もだるいし、無理に食べると吐いてしまうこともある。さすがにそんな醜態を見せられないから、何とか部屋に戻るまでは我慢しているが。部屋に戻ってからトイレに駆け込む。アルエードにもさすがに言えていない。

もともと、多少の体調不良ならすぐに回復する質だ。……だが、少ししんどくなってきた。食事も喉《のど》を通らなくなってしまっている現状はよろしくない。

病気かと疑うも、魔力の流れが変わっている様子はないしと首を傾げる。基本的に、風邪をひいたり病気になったりすると、魔力の流れが乱れることが多い。それを感じられないため、一体この不調は何だろうと考える。

そして今、レンは長期で国を出ている。こんなことは珍しいが、何やら今の内に片付けることを全て終わらせてくると言って行ってしまった。

僕がこの状態になったのは、レンが国を出立してからで、今、相談できる人がいない。辛い。レンはちゃんとあの素晴らしい毛並みを保ってくれているだろうか。

割と適当なところがあるからなぁ。僕が手入れするようになってからは、レンは僕以外が触れるのを嫌がるようになった。

あぁ、帰って来た時にしっかりケアしないと。そう思いながら、最近は他の獣人の毛並みさえも堪能できていない。体調不良に拍車がかかっている理由だ。

最近は、食事を残してしまうためアルエードが疑っている。だが、昔、病人であることを笠《かさ》に着て、飼っていた子たちを全員寝室に入れて皆に囲まれて寝て、看病に来た侍従の度肝を抜かせた僕。

それを知っているアルは、もし病人ならこれ幸いと、レンがいないことを良いことに獣人たちを呼び寄せるだろうと考えている。

アルは絶対そう考えている。長い付き合いだ、僕には分かっている。だからアルも半信半疑なのだろう
それで何とか乗り切り、明日は治っているかもしれないと日々を過ごしていた僕。そんな中、レンが帰国するという知らせが入った。

僕は思っていたよりも嬉《うれ》しくて、待ち遠しくて、帰ってくると言われた日はそわそわしながら今か今かと待っていた。そして、外へと繋《つな》がる扉の前を何度も見に行っては、まだかなとちょろちょろしている僕を微笑ましく見ている皆。

……ちょっと恥ずかしいのだが。

でも、やっぱり気になって扉の方へと向かってしまう僕の足。そして、外から色んな声が聞こえてきた時、僕は扉の方へと走った。

「……っ今戻った。どうした、熱烈だな。……ニア、君、痩《や》せたか？」

外から開けられた扉から入って来た人の腕の中に、迷うことなく飛び込んだ。そんな僕を危なげなく受け止めるも、予想外の出迎えに驚いた様子のレンは、僕を抱き締めるとそう言った。

「レン、お帰りなさい。……レン、レン、レン……」

僕は自分が思っていたよりも寂しかったみたいだ。レンに抱き着いて、馴染《なじ》みのある安心する匂いにずっと包まれていたい感情で心が埋め尽くされる。

そんな僕を抱き上げると、額に、頬に、口にと唇が降ってくる。そんなレンの首に腕を回してぎゅっと抱き着く。

「ニア、どうした。……おい、医者を呼べ」

レンの声が聞こえたと思ったが、僕は安心する匂いに眠気を誘われ、瞼《まぶた》が下りていったのだった。

「おめでとうございます、ご懐妊されています」

僕は言われた言葉にぽかんと口を開けた。そしてレンを見上げる。

「ニア、君は妊娠している。腹には子が宿っている」

僕をそっと抱き締めて言ったレンの言葉を反芻《はんすう》する。

……子？　妊娠している？

「そ、それはどっちですか？　獣人でしょうか、人間でしょうか」

人族ならば、大変でもお産は通常通りだ。だが、獣人となると人よりも頑丈なため、母体の方がお産の時に危機的状況に陥りやすいと言われている。お産の時だけではない。腹の中での成長も早く、人である母体がもたないのだ。だから基本的に、人と獣人の番で子がいるのは非常に稀《まれ》だ。もし、腹の子が獣人であるならば僕は……。

「獣人でしょう。陛下のお子となると、獣人である可能性が非常に高いです」

「大変だ！　僕、これから身体作りしないと……！」

獣人と言われ、反射的にそう返し、いてもたっても居られず立ち上がる。

「毎日筋トレと走り込みと、柔軟もしないといけない！　あと、あと……」

トレーナーを雇ってもらわないといけない、後は入念な計画と、食事も考えてもらって……。

心の中の何人もの僕は、皆大慌てでティーカップをテーブルに置き、筋トレを始めている者、献立を考えようとティースプーンを振り回している者でてんやわんやだ。

「ニア、落ち着け。何だ、筋トレに走り込みとは。そんなこと、させるわけないだろう」

「何言っているの！　獣人の子がここにいるんだよ！　この子の方が頑丈だろうし、僕がへばるわけにはいかないでしょ！　なら負けないくらい身体を鍛えないと！　栄養だっているし、僕がこの子の全てを担っているんだから！」

「……いやはや、さすが陛下の番様ですなぁ。人族が獣人の子を妊娠したとなると、お産に難色を示す者が多いのですが」

……あぁ、そうだろう。許されることではないが、人が獣人の子を孕《はら》むというのは、お産の時だけじゃなく過程の中でも死が隣にあるということだ。

人が産むことを希望しても、番である獣人が許可しないことが多い。最愛の人が死ぬかもしれないからだ。それほど、獣人と人との間に子をもうけるということは難しい問題なのだ。

だが、僕はレンが何を言おうと産む。それは決定事項だ。

「君が種を飲むと決めた時、覚悟はしていた。まさかこんなに早く妊娠するとは思ってなかったが……。だが、私は君を失うつもりはないぞ」

そう、男同士で子を授かりたい場合、宝寿の種を飲む。それで子が育つ場所が身体の中に創られるのだ。僕はその宝寿の種を飲むまで、散々獣人の子を授かるということについて説明され勉強した。全て理解した上での決断だった。

……じゃああの体調不良は所謂《いわゆる》つわりというものだったのか。

納得できて一人うんうんと頷《うなず》いていた僕に、

「心配せずとも、ニアノール様であれば大丈夫かと思いますよ」

医者がそう続けた。

「ニアノール様、魔力をお持ちですね？　魔力持ちは人族の中でも体は頑丈です。それに、魔術を行使できるほどの魔力をお持ちであるなら、問題ないでしょう。今の時点で、通常のつわりの症状で収まっているのが証明です。一般的には、獣人の子を孕んだ人族は、安定期に入るまでは体を動かすことができない状態になります。栄養や循環したものが全て子にいくためです。だから、安定期までは全ての生活はベッド上で、栄養は点滴になります。今そんなに元気があるのは通常有り得ないのですよ」

苦笑しつつも、どこか嬉しそうに言う医者に僕は目を見開いた。

「……そうなの？　じゃあ僕、特に鍛えたりしなくてもいいの？」

「そうですね、過度に運動したりするのはお勧めしません。適度な食事、適度な運動で今のところは様子を見ていいでしょう」

そう言われ、僕はお産に関してはさすがに初心者のため、医者の言葉に素直に頷いたのだった。

……だが。

「ニア、どこへ行く。いいか、移動する時は私が君を抱き上げるから必ず呼ぶように。転んだりしたらどうする」

「坊ちゃん！　身体を冷やすのは良くないそうですよ！　これ、温かいと評判らしいので陛下に買ってもらいました！」

「ニアノール様、食べたい物のご希望はありますか？　いつでも何でもおっしゃって下さい」

「ニアノール様！　俺の毛並みなんていいですから！　どちらに行かれるんですか？　陛下呼んでくるのでここに座って下さい」

……どこに行くにも、何をするにも、皆が過保護すぎる！

すでに安定期に入り、体調は落ち着いている。お腹も膨れているのが目に見えて分かるようになった。そして、バランスの良い食事に適度な運動、必要不可欠な毛並みを堪能する癒しの時間、全て行い母子ともに順調であるにも拘わらず。

レンに至っては、一緒にいる時は常に抱き上げられている。適度な運動が必要だって言っているのに聞きやしない。抱き上げられている間、ずっとレンの獣耳に顔を埋めている僕も僕だとラント様には呆《あき》れたように言われたが。

そんなこんなで、僕のお腹の子は皆に見守られながらすくすくと経過していった。


「あ、産まれる」

食事後、休憩していた時にいきなりそう言った僕に、周りの獣人たちは一瞬動きを止めた。その後、一目散にレンに知らせに行く者、医者を呼びに行く者、僕の身体を楽な姿勢に整える者、皆がそれぞれの役目を全うするために動く姿を、

……わぁ、皆すごいなぁ。

僕だけが一人のんきにそんなことを考えながら見ていた。

すぐさま来たレンに素早く抱き上げられ、用意されていた部屋に連れて行かれる。

そしてその数分後……。

「産まれました！　元気な男の子ですよ！」

そう言った医者の手には小さな命。僕は横に寝かせてもらったその子を見て、あまりの可愛らしさに死にそうになった。

真っ白な毛並みとふるふると震えている獣耳。濡《ぬ》れている尻尾も真っ白。閉じられている瞼が微かに開いて、見える瞳《ひとみ》は金色だ。ふにゃあふにゃあと小さな声で泣く、僕の愛しい命。

……何だ、この可愛すぎる存在は。僕は世界の宝を産んだのか。

綺麗《きれい》な湯で洗ってもらった後、ふわふわの生地で包まれたその子を腕に抱いた時、僕はこの子と会うために生まれてきたのだと理解した。

「レン、僕、世界の宝を産んじゃった……」

呆然《ぼうぜん》としたままそう言ったらしい僕に、レンは僕を心配していたのが吹き飛んだと後から笑って言われた。

「獣人のお産は、それほど時間がかからないのですよ。子はどこを通れば良いか分かっています故。それでも、数十分はかかるものなのですが……。いやはや、ニアノール様は規格外すぎて。いらぬ心配でしたな」

皆、人族が獣人の子を産むということの難しさを知っているため、心配されていたらしいが、誰よりも安産をした僕に何故か拍手喝采《かっさい》だったらしい。

そして僕はこの腕に愛しい存在を抱いている。

……ふにゃあふにゃあ。

泣き出した子に視線を落とし、額に口付ける。

「どうしたの、ルアン。泣いているのも可愛いね。何でそんなに可愛いの？　存在しているだけで可愛いのは何？」

「坊ちゃん、そろそろ3時間です。ミルク作って来ましたよ」

僕のその問い掛けはすでに通常運転になりつつあり、アルエードは作ってきたミルクを僕に渡す。

「あぁ、可愛い。ミルクを飲んでいるだけで可愛いってもうどうしたらいいの僕。ねぇ見て、可愛すぎない？」

「坊ちゃん、可愛いのは分かりました。何回聞くのですか。可愛いですよそりゃもう。可愛くないわけないじゃないですか」

そう、アルエードも、王宮に勤める他の人たちも皆、ルアンの可愛さを知っている。一目見たいと言って、色んな用事を探し出しては来訪してくる。どんどん見て欲しい。僕の宝。可愛すぎるよ、分かる。僕も、僕が産んだのって天使だっけって毎回思うもん。

「それにしても、まんま陛下ですねぇ」

そうなのだ。毛の色も瞳の色もレン譲りだし、顔立ちもこれは美形になるだろうと誰もが言うぐらいだし、レンを小さくしたと言われても納得できるほど、レン似なのだ。

「だねぇ。可愛いねぇ」

「……坊ちゃん、さっきから可愛いしか言っていませんよ」

アルは呆れた顔で言っているが、僕は知っている。僕が離れた時、アルはさっと寝ているルアンの傍に行ってその姿をだらしない顔で眺めているのを。

「可愛いのは仕方ないよね、レンの血をひいているんだもん。可愛いなぁ。この小さい耳、動いているんだよ。こんなに小さいのに、ちゃんと動いているの。可愛すぎない？　尻尾《しっぽ》も、指で触るときゅって絡めてくるんだよ……！　こんな小さい尻尾がきゅって……！　あとね、この前……」

「坊ちゃん、そのぐらいで。ルアン様のお可愛らしさは、もう王宮どころか市井まで伝わっています。それにもう何度も聞きました」

そう言うアルは、ほら、今日はお客様が来られるので早く着替えて下さい、と僕を急かした。

「今日は……あぁ、隣国の宰相が来るんだった。ルアン、行ってくるね。アル、よろしくね。何かあったらすぐ呼んでね」

「……こんなに周りを魔術付与した物で囲んでおいて、何があるって言うんですか」

苦笑しながらそう言ったアルは僕を送り出した。

――アルエードside

……可愛い。あぁ、ニアノール様の小さい時を思い出す。

ルアン様が生まれ、ニアノール様は予想通り、いや予想以上にルアン様を溺愛《できあい》している。ニアノール様は豊富な魔力をその身に流しており、魔術付与も可能だ。

狂人と呼ばれる者を輩出してきたリューン国の王族。その者たちが、王族であることを捨て、出て行った先でも自由に好きなように過ごせているのは魔力を持っていることも影響している。

何の力も持たない、王族として暮らしてきた者が急に一般市民となり生きていくのは至難の業。それを可能としているのは、狂人と呼ばれる者は魔力を多く持って生まれるからだ。

魔力を持ち、それを扱える者。それだけで、すでに並みの男では歯が立たない。魔力持ちは身体が頑丈で力も強く、魔術を用いることで身体を強化することが可能だ。

また、魔力を持っているとその多さと比例し、身体が小さい者がほとんどである。成長のための栄養が魔力に変換されているのか……。分かっていることは少ない。

……これまた、ニアノール様の過保護具合もすごいな。

ルアン様の眠っているゆりかごに布団、シーツ、着ている服にしても、全てにニアノール様が魔術付与している。もし、今攻撃を受けた場合でも、相手は即死だろうが、ルアン様は気付くことなく穏やかに眠ったままだろう。

なにせ、攻撃を跳ね返す付与に防御付与、一定音量を超えた時に発動する防音、温度管理、手触りなどなど……そこまでしますか？　というほどだ。魔力の無駄遣いのような、贅沢《ぜいたく》な使い方というか……。

まぁ、こんなに可愛いのだから仕方ないのかもしれない。

妊娠したと聞いた時、覚悟はしていたし、ニアノール様は魔力持ちだから大丈夫だろうと思ってはいたが。それでもやはり、とても心配だった。

だが、そんな心配もなんのその、ニアノール様のお産はあっさりと終わった。その後も、我が子のために脅威の回復力を見せたニアノール様。人と獣人の子ども。無事に産まれた時は、市井ではお祭り騒ぎで、王宮内でもどこか浮き立っている者ばかりだった。

……あぁ、もう可愛い。

小さい手が、小さい耳が、少し動くだけでも生きていると実感し、とてつもなく可愛い。

ニアノール様の子だから余計に、身内贔屓《びいき》もふまえて可愛さ倍増です。たとえ、ニアノール様の要素が見当たらなくても、どう見てもレンウォール陛下そのものでも。

王宮内の者は、ルアン様を一目見ようと部屋に入るための口実を探しては争奪戦を繰り広げ、来訪しその可愛さを目に焼き付けている。そんな皆を見て、ニアノール様もにこにこだ。

「アル、何もなかった？　ルアンは可愛い？」

……ルアン様は可愛いですが、帰ってくるの早すぎやしませんかニアノール様⁉

「坊ちゃん、今日は接待と会談があるのでは⁉　まだ1時間しか経っていませんよ⁉」

今日は隣国の宰相様が、条約の見直しと関税についての話をしに来ていたはずでは？

私はあまりにも早い主人の帰宅に顔を青くする。

「ちゃんとまとめてきたよ。ルアンさっきより可愛いね、時間経つほど可愛さ増してない？　僕の子」

「坊ちゃん、本当ですか？　お茶だけして帰ってきたわけじゃないですよね？　ね？」

私の焦りも戸惑いも全く意に介さない坊ちゃんは、ルアン様が眠るゆりかごの中を覗《のぞ》き込む。

「ニアノール様！」

「もう！　ルアンが起きちゃうでしょうが！」

……理不尽！　防音魔術付与しているから大丈夫でしょうに！

私を呆れたような目で見てくるニアノール様。……いやいや、何故？　私泣いていいですか？

「心配されずとも、ニアノール様はしっかり仕事を終えられましたよ。あの宰相の顔、傑作でしたね。お可愛らしいニアノール様なら言い包められるとでも思ったのでしょう。段々と顔を青くして、声なんて震えていましたからね」

そう言いながら、入って来たのはラント様。私は盛大に驚きました。音もなく入って来ないで下さい。私の心臓が止まります。

「ねぇ、見て！　ルアンがあくびした！　可愛い～まだ牙《きば》は生えてないね～」

我が道をゆくニアノール様。私は、ラント様に再度、会談はどのようなものだったのか聞く。

「まぁ、少々我々を舐《な》めている態度と条件を出してきましてね。詳細を省いて簡潔に言うと、ニアノール様が完膚なきまでに相手に自信を失わせて心を折った後、有無を言わさずこちらに有利な条件を叩《たた》きつけました。どう足掻《あが》いても、こちらの条件を呑《の》むしか相手国の道は残されていません。いやぁ、笑いを堪えるのに苦労しました」

そう言うラント様に私は苦笑いだ。ニアノール様の逆鱗《げきりん》に触れたか。

狂人を怒らせるのは避けた方が良い。彼らが愛するものを貶《けな》され害されようものなら……容赦はない。狂人を怒らせたら最後、追い詰められ、徹底的に潰《つぶ》されることを覚悟しなければ。

私は、生涯をニアノール様の侍従として過ごす。ニアノール様とその愛するものたちが幸せに過ごしてくれることが願いだ。それだけだ。だから……。

……ニアノール様、子離れできますかね。

心配が杞憂《きゆう》で終わりますようにと、ルアン様に可愛いと連呼するニアノール様を見て、そう思わずにはいられない私なのだった。


「可愛い……ここは楽園？」

「ちょ、ルアン様、どこに行くのですか!?　あ、フラン様！　それは食べてはいけません！」

皆で散歩がてら、庭にシートを敷き寛《くつろ》いでいた。あれから、僕はあと二人の子を産んだ。同じく、レンの色を受け継いだ真っ白の毛並みを持つが、瞳は僕の色で紺色のフラン。

ルアンは色んな物に興味を示す年頃で、一人であっちへこっちへと歩いては皆に回収されている。

フランは綺麗な花を見て、美味しそうに見えたのか、その小さな手で掴《つか》み口に持っていこうとした時点で、アルエードに慌てて止められている。

「かぁ様、フランがお花食べようとしてたよ？　お花は食べちゃだめだよねぇ？」

アルに回収されたルアンが、とことこと僕に寄ってきてそう言った。

「そうだね、食べたらお腹壊すかもしれないからね」

僕はルアンの頭を撫《な》でて獣耳を揉《も》んでやりながらそう言うと、気持ち良さそうにルアンは目を細めた。

……僕の子が可愛すぎる……！　まだまだ小さいが、獣人ともあって成長は早い。だから僕は、時間が許す限りは子どもたちと一緒に過ごしている。

「かーさま、お花、いい匂いする。食べるの、だめ？」

同じく、とことことフランが寄って来て、首を傾げながら僕に聞いてくる。

……可愛い〜いい匂いがしたから美味しそうに思ったんだね、食べられる花でも作ってもらおうかな。

「お腹空《す》いたのなら、こっちをお食べ」

シェフがピクニック用にと作ってくれた子ども用のお菓子。天然素材のみで糖分を抑えつつも美味しく仕上げてくれた。

ルアンとフランがシートの上に行儀良く座り、それを両手で持って食べている。ボロボロと口から落ちているが、にこにこ笑い、美味しいか聞くと「おいしー」と二人揃《そろ》って言ってくれる。

……可愛い！！！　その小さい手でお菓子を掴んでいるのも可愛いし、一生懸命小さい口を動かして食べているのも可愛いし、美味しそうににこにこしているのも可愛すぎる……！

こんな可愛くて大丈夫かな、僕の子たち。何しても許しちゃうし、何をしていても可愛いし。一挙一動、何もかもが愛しくて心配になる。

「アル、この子たちちょっと可愛すぎない？　お菓子食べているだけでこんなに可愛いって……。どうしよう、僕、本当に天使を産んじゃったかもしれない」

「はいはい、ルアン様、水も飲んで下さいね。フラン様、耳を垂らさずともまだお菓子はありますよ」

お菓子を食べてしまい、何も持ってない手を見て獣耳を垂らしているフラン。

「可愛い～もう、いっぱい食べな～」

僕は二人の前に菓子の入ったバスケットを置いてあげる。

「ちょ、多いですって！　いくらなんでもこれ全部は食べすぎです！」

獣人は食べる量が多く、この子たちはその中でも特に魔力を持って産まれたため、たくさん食べた方が良いと医者に言われている。幼少期のうちは、食べたいのであれば満足するまで与えるのがいいらしい。

それを聞いて、誰よりも張り切ったのはシェフだった。子どもたち用にあらゆる料理を生み出し、今ではルアンが、お腹が空くと調理場に「ふぇふ、お腹ぐーってないてるの」とあまりにも可愛い訴えをしに行くのだ。

それを聞いた時、僕はあまりの可愛すぎる訴えに天に召されそうになった。最近は、フランも一緒にルアンの後ろについて行っている。色んな音がする調理場は少し怖いのか、ルアンの服をぎゅっと掴み、同じようにお腹を押さえて見上げてくるらしい。

もちろん、傍には必ずアルエードか、二人の世話係が一緒についている。基本的に、子どもたちにはしたいことは好きなようにさせている。レンがそういう教育の方針らしい。「君がいい例だからな」と言われたが何のことか首を傾げる僕だった。

「かぁ、あー」

そんな僕の腕に掴まり、立ち上がっている末っ子のノエル。この子は、僕にそっくりの紺色の毛並みに紺色の瞳《ひとみ》。上の子二人は、顔立ちはレン似だが、この子はまるっきり僕似だ。

「ノエル、起きたの？　ふふ、ノエルもお腹空いたんだね」

菓子を食べるルアンとフランに向かって、口をあーっと開けるノエル。そんなノエルに、二人は持っている菓子を口に入れてあげようとしている。

「ちょ、駄目ですよ！　ノエル様はこっちです！」

別のバスケットに入れていた、まだ小さいノエル用の菓子を慌ててアルエードが出した。

「二人とも優しいね、ノエルにわけてあげようとしてくれたんだね」

僕は優しいお兄ちゃん二人の頭を撫で、僕の腕で掴まり立ちをしているノエルを抱き上げようとすると。

「ノエル、起きたのか」

後ろから伸びてきた手が、ノエルを抱き上げた。

「とぉ様、抱っこ」

「とーさま、抱っこ」

ノエルを抱くレンに、後の二人も立ち上がり手を伸ばす。そんな二人に笑って、まとめて抱き上げるレンを見上げた。

「レン、休憩？」

「あぁ、一段落ついたからな。お前たち、遊んでおいで」

一人一人の額に口付けたレンは、3人を降ろした。ルアンとフランは、抱っこされて満足したのか、すぐにとことこと好きな方へと歩き出し、アルエードが慌てて追い掛けた。

ノエルは、満足しなかったのか降ろされてすぐに、また手をレンに伸ばしている。レンはそんなノエルをまた抱き上げると、僕の横に腰を下ろした。

「ニアの子どもの時を見ているようだ」

とろけるような顔で、腕の中のノエルを見るレンは、ノエルを猫可愛がりしている。そんなレンを見て、上の子二人もノエルを可愛がり、ノエルが泣くとすぐに駆け付けてあやしてくれている。

「うーん、不思議だね。でもレン、ノエルを甘やかしすぎだよ。できることはちゃんと自分でさせてあげないと！」

「それを君が言うのか。過保護具合では私が負けるぞ」

笑いながらそう言うレンに首を傾げる。

「そんな過保護じゃないよ、僕」

「獣人は人より頑丈だ。多少転ぼうともすぐに起き上がるし、痛みにも強い。靴にも魔術付与しただろう？　転びそうになった時に、空気のクッションが出るように」

「……だって怪我《けが》しちゃうじゃん」

「多少の怪我なら大丈夫だ。そんな高度な魔術付与をしていると聞いて、さすがに驚かされた。

……それに、子どもたちばかりじゃなく、私の相手もしてくれ」

レンはそう言い、僕に顔を近付けてきた。僕もそっと目を閉じると……。

「あー！　きゃっきゃっ！」

抱っこされている中で体が動いたのが楽しいのか、可愛い笑い声がレンの腕の中から聞こえ、僕たちは思わず顔を見合わせて笑ったのだった。

――――使用人side

「あぁ、ルアン様、そっちは宰相様のお部屋ですよ。こちらに行きましょう」

ニアノール様の侍従で、今はルアン様の世話係でもあるアルエードが、とことこ歩いて行くルアン様の後を慌てて追い掛けている。

王宮内ではもう見慣れた光景だ。

ニアノール様が妊娠し、お産となった時は、皆固唾《かたず》をのんで祈ったものだ。だが、皆の心配も吹き飛ばすほどの安産で、思わず拍手が出た。そして、あとお二人もお子を産んだニアノール様。もはやこの国でのニアノール様は聖母のごとく敬われている。

そして何より、お子様3人ともとてもお可愛らしい。ニアノール様が子どもたちと過ごすことが多いからか、子どもたちは皆、ニアノール様の話し方や雰囲気に似ている。ニアノール様がそもそもお可愛らしいため、そんな方に似ている子どもたちは余計に可愛いのだ。

陛下の美貌《びぼう》に美しい色の毛並みを受け継いだルアン様とフラン様。可愛らしく庇護《ひご》欲を掻《か》き立てるニアノール様の容貌《ようぼう》と珍しい紺色の毛並みと瞳を受け継いだノエル様。ノエル様は特に、ニアノール様譲りの魔力量をお持ちだと分かった。

皆お揃いの服で、小さな正装を着こなす三人を市井でお披露目した後は、しばらく聖母が天使を産んだと囁《ささや》かれ、その三人の可愛らしさは瞬く間に皆の知ることとなった。

「こっちは？　これは何？　あれは？　アル、あっち行こ？」

好奇心が強いルアン様は、アルエードを振り返りその手を一生懸命引いている。アルエードは緩みまくった顔で、そんなルアン様に引かれるまま歩いて行った。

……可愛いなぁ。獣耳がピルピルとあちらこちらの音を拾って動き、好奇心旺盛《おうせい》な様子でルアン様はよく部屋から出てくるのだ。二人の後ろ姿を微笑ましく見守っていると、

……くんっ。

服を引っ張られる感覚に、そちらに目を向ける。

「かー様、どこぉ？」

フラン様が私の服を引っ張り、首を傾げて私を見上げていた。

私はあまりの可愛らしさに動きが止まり、はっとして慌ててしゃがみ込んだ。傍には、フラン様の世話係が立ち、微笑みを浮かべながらフラン様を見ている。

「ニアノール様は、今は来客のお相手をされていますよ」

今日は、陛下の友人が来ており、その奥方のお相手をなさっているのだ。そう言うと、首を傾げるフラン様。

「かー様、お外？」

……んんっ。可愛らしい……。

ゴホン、と一つ咳払《せきばら》いをする。

「ニアノール様は、お仕事ですよ」

再度そう伝えると、フラン様は今は会えないということが分かったのか、獣耳と尻尾《しっぽ》を垂れさせて私を見上げた。

「かー様、いない？　とー様？」

……どうすればいいのでしょう。今すぐ、ニアノール様か陛下のもとへと抱き上げて連れて行って差し上げたいのですが。

そんな私の様子に世話係は、ルアン様はいらっしゃいますよ、捜しに行きましょうとフラン様に優しく言った。

フラン様は、それを聞いて耳と尻尾を立たせると、私に手を振り、笑顔で歩いて行った。

王宮内で子どもたちを見掛けるのはすでに日常茶飯事になりつつある。皆、ニアノール様に似たのか部屋から出てくるのだ。

そんな天使が現れるこの王宮で、使用人として働けている幸福は計り知れない。

王宮に勤めるには、高難度の試験を突破しないといけない。

試験に合格しても、それから始まる研修は試験など目ではないほどの激務に高度な技術を要求される。それを経て、初めて王宮で使用人として働くことができるのだ。

そんな超難関であるにも拘わらず、王宮に勤めたい者は後を絶たない。ニアノール様がこの国を愛してくれているように、皆もまた、ニアノール様とその子たちを愛し、その力になれるならと願い出てくる者が多数だ。

そんな中で、私は王宮の使用人として誇りを持ち働いている。

ニアノール様もよく陛下に回収されていたが、今はルアン様とフラン様もよく回収されている。

その度、ルアン様とフラン様は嬉《うれ》しそうにきゃっきゃと笑い声を上げながら、陛下に抱き着きぐりぐりと頭をこすりつけるのだ。

その様子を見たニアノール様が真顔で「あの光景は何？　僕、神様と結婚して天使を産んだんだっけ？」と呟《つぶや》いており、私は思わず頷《うなず》きそうになった。

そういうニアノール様も聖母と呼ばれているのですよ、私たちからすればあなた様も妖精《ようせい》のような可愛らしさですよ、と言いたい気持ちを抑える。

以前、ニアノール様を褒めた使用人が、逆に我々獣人の素晴らしさを褒め称《たた》えられ、いかに愛らしく愛しい存在なのかを語られてしまい、その者は真っ赤になり腰砕けになったのだそう。

ニアノール様は、そんな様子にも可愛い！　と褒めるのを止めず。

その後、ニアノール様は陛下に回収され、その者は私たち使用人が回収するに至った。

それ以来、我々がニアノール様を褒める際は、厳重な注意をするようにとお触れが回った。

そんなシュナベルト一家の子どもたちは、すくすくと思い思いに過ごし健やかに成長している。

私たち使用人は、この命が、身体が動くまでは、この王宮で見守っていきたいとそう思いながら、今日もまた聞こえてくる賑《にぎ》やかな声に頬を緩めるのだった。

番外編　新婚旅行

……わぁ！

見渡す限り、あちらこちらで小動物が寝たり戯れたり、日向《ひなた》ぼっこをしている光景。何なんだろうこれは、絶景すぎる……！　ここは楽園か？　可愛いがいっぱい、あっちにもこっちにも……！

窓に張り付いて、僕が可愛いしかいない視界を焼き付けていると、

「ニア、少し休憩しよう」

レンがそんな僕を見て苦笑しながらそう言ってきた。僕は、返事をして部屋の中へと戻ったのだった。


——ここは、ラモール王国。

僕がジーン国以外に行きたかった国だ。ラモール国は温暖な気候で、動物たちと共存している国でもある。まだリューン国にいた時、商人や旅人から、どこに行っても動物がいることや、動物を保護するための法律まであると知った。それを聞いた時、僕は絶対にいつか行きたいと思っていたし、ジーン国を追い出されたり、獣狂いがばれていられなくなってしまった時はラモール国に移住しようとまで考えていたのだ。

今回来たのは他でもない。僕たちの新婚旅行だ！　この旅行には、使用人も護衛のための騎士も何人か付いてきてくれたため、宿を貸し切って皆で泊まろうと考えていたのだが、ラモール国に問い合わせたところ、ぜひ王宮に泊まって欲しいと返事をもらったのだ。まぁ、いくら私用であったとしても、王族がその辺の宿で寝泊まりして何か不手際や事件が起こってしまえば、国交問題になりかねないことを見越しての提案なのだろうが。しかし、新婚旅行のため、公務だってしなくてい

い完全なバカンス！　そう思ってほくほくして来た僕なのだったが。

「……これ、何？」

移動で半日ほどかかったため、部屋内で寛ぐ僕たち。茶を飲みながら、レンが何やら書類を持っていることに気付いた。

「ラントがラモール国に行くなら、羊毛とミルクの輸出入について契約してこいと言っていてな。少し、国王と話してくる」

……それ、ラント様が欲しいだけでは？

ピンとした長い耳を楽しげに揺らしているラント様を思い浮かべて、溜め息をつく。僕は、今すぐ街に行って、小動物たちと触れ合いたいのだが、脳内のラント様が邪魔してくるのだ。

「いいですか、ニアノール様。獣狂いはラモール国では隠して下さいね。ジーン国ではただ獣人を愛しているのだと勘違いしてくれていますが、あなたのそれは他国でお披露目するには刺激が強すぎます」

……さらっと僕を異常者扱いしてない？　と思ったのが顔に出ていたのか。

「とにかく、ジーン国王の伴侶《はんりょ》として行くのですから、くれぐれも行動にはお気をつけ下さいね」

笑顔で僕の命より大事なコレクションケースを掲げながら言われたため、僕は大人しく頷《うなず》くしかなかったのだった。だが、僕だって王族として生まれ、王族として生きてきたんだから。外向けの顔ぐらい、ちゃんと作れるよ。何を心配しているんだか。

「坊ちゃん、瞬《まばた》きして下さい。ガン見は怖いです」

アルエードが僕を見てそう言ってくる。いつの間にか、僕はまた窓の方へと身体を近付けて外を眺めていたようだ。

「王宮内にも動物がいるってすごいよね。見たことのない動物もいるよ。可愛い～。あの子の獣人はジーン国にいるのかな？」

「坊ちゃん、ラント様の言葉忘れてないですよね？　外には色んな動物がいますが、絶対に近付かないで下さいね？」

うるさい侍従である。僕は動物たちを愛でに来たんだ。近付くぐらいいいじゃないか。僕だってちゃんと分別は弁えている。

心の中の何人もの僕は、皆で頷き合いながら、ティーカップを磨いて新しいお茶を注ごうとわくわくしている。

「あ、そういえば今日、ニアノール様たちの歓迎のために夜会が開かれるそうですよ」

「それって動物たちも来る？」

「来るわけないでしょうが！」

いきなり大きな声を出さないでくれない？　びっくりするでしょうが！　僕が不満ですと言わんばかりにジトーッとアルを見ると、

「何ですかその目。私は間違っていませんよ。坊ちゃん、大人しく、ですよ」

それからも口うるさく言われていると、扉を叩《たた》く音が聞こえた。

「どうぞ」

「失礼致します。ニアノール・シュナベルト様。昼食の御準備が整いましたので、ご案内させていただきます」

執事らしき人から伝えられ、僕は了承し部屋を出てついて行った。

「ニア、こっちだ」

レンがすでに席についていて、名前を呼ばれる。

「レン、終わったの？」

小声で聞くと、僕を待たせるのは良くないと思って一旦《いったん》切り上げたのだとか。

「ニアノール様、お待たせして申し訳ありません。昼食を用意しましたので、ぜひお召し上がり下さい」

ニコニコと人の良さそうなその人はラモール国現王であり、レナード・ラモール王だ。

「レナード王、お気遣いありがとうございます」

ここの王宮に入る前に、レナード王自ら出迎えてくれて、挨拶《あいさつ》は済ませてあった。あと、レンから聞いた話だと、レナード王の部屋には、珍しい長毛の猫がいるのだとか。それも一般的な猫とは違い、とても大きいらしい。レナード王が国王に就任した時からふらっと現れ、王宮で暮らしているのだという。ぜひ見たい。

しかし、さすがに王の部屋に忍び込むわけにもいかないため、何とか仲良くなって自分から見せたいと思ってもらわなければいけない。ここにいる間の僕のミッションだ。それに、どうやら動物たちの水飲み場としての湖があるらしく、そこもぜひ訪れたいと思っている。僕の好きそうなことを色々と調べてくれていたらしく、道中でレンが教えてくれた。楽しみがいっぱいで、期待に胸がどんどん膨らんでいく。

「よろしければ、街を案内させますよ」

会話の中で、レナード王がそう言ってくれたため、僕はすぐさま反応した。

「ぜひ、お願いします」

少し被せ気味に言ってしまったかもしれないが、レナード王は気を悪くした様子もなく、ニコニコの笑顔のまま了承してくれた。そして、明日の昼頃にと約束を取り付けたのだった。

「ニア、夜会の服を」

部屋に戻り、そろそろ外が暗くなってきた頃。レンに言われ、侍従たちに持参してきた衣装に着替えさせられる。

「これ、全部着けないと駄目？」

「ええ、着けないと駄目です」

ジャラジャラと着けられるアクセサリー類。統一感はあるし、綺麗《きれい》に着飾ってくれているから文句はないのだけど、いつも何も着けないから違和感があるんだよなぁ。

相変わらず、レンの色で構成された装いは、如何《いか》にもレンのものですと主張しているようで少し気恥ずかしい。

「完璧《かんぺき》です、ニアノール様」

アルエードは満足そうに頷き、レンの前に差し出される。

「ニア、可愛いな」

レンは目を細めると甘い口調で僕の手を取った。

「れ、レンも、格好良いよ」

そう言うレンは、僕の色である紺を纏《まと》っている。所々キラキラした紺色の糸で刺繍《ししゅう》されており、光が当たり輝いて綺麗だ。暗くなってしまう色であるのに、レンの白銀の髪と金色の瞳《ひとみ》と対照的ですごく映えている。

「……ニア」

「えっ、んぅ……っ……！」

取られた手を引かれて、そのまま唇を合わせられる。何度か啄《ついば》むようなキスを繰り返されると、名残惜しそうに最後に音を立てて離れていった。

「……続きは、戻ってからな」

耳元で囁《ささや》かれ、僕は顔に熱が集まるのを感じた。そんなことを言われたら、夜会の間中レンのことを思い出してしまう。心の中の何人もの僕はわたわたと騒いだ後、皆で手を取り合って落ち着こうと深呼吸している。

……よし。

「望むところ！」

「ニアノール様、落ち着きを取り戻したのはいいですが、あまり激しく動かないで下さいね。装飾がずれてしまいます」

僕の精神面より装飾品が気になる侍従はやれやれと肩を竦《すく》めて注意してくる。僕の心配が第一じゃないのか侍従であるならば。

「アル、夜会が終わったらお話があります」

そう言うと、アルは首を横にぶんぶん振って嫌ですアピールしてくる。

「ニア、夜会が終わったら君は私との時間だろう？」

そんな僕たちを見て、笑いながらそう言ったレンに腰を抱かれると、時間だと言われて部屋から連れ出されたのだった。

「これ、全部動物の形にしてある。すごく可愛い」

夜会でレンに腰を抱かれながら、ラモール国の貴族たちと挨拶を交わしていく。僕は表面上は微笑みを浮かべて頷いたり挨拶を返したりしていたが、意識はテーブルの上の食事たちだ。デザートのケーキや焼き菓子など、全て動物の形をしており見ているだけで楽しい一品となっており、立体的なものまである。

……あれらを作った人は天才だ。誰が何と言おうと僕がそう決めた。

厭《いや》らしい目で見てくるやつも、見下したように見てくるやつも、傲慢《ごうまん》さが隠しきれていないやつも、どうでもよくなるほどの可愛らしい食べ物。あれはこの世で一番可愛い食べ物だ。

「ニア、気分が悪くなっていないか？」

「レン、可愛いの前では人なんて無力なんだよ」

気分は悪くないよと返したつもりだったが、レンには苦笑されてしまった。

「ねぇ、僕あっちのテーブル見に行きたい」

あらかた挨拶を済ませた後、レンにそう言うと了承してくれたため、いよいよ可愛い食べ物たちとご対面だとわくわくしていると。

「レンウォール陛下、ご挨拶よろしいですか？」

またしても声を掛けられ、顔には出さないがげんなりしてしまった。傍で待機していたアルが苦笑し、そっとその場から離れると、あの可愛い菓子たちを皿に盛りつけて戻って来た。

……さすが僕の侍従！

挨拶をしている間も気になって仕方なかった僕。そして、やっと終わった時、アルによくやったと言わんばかりの微笑みを向けると、何故かアルは顔を引き攣らせる。

「アル、助かった。ニアがそちらにばかり意識が向いているようだったからな」

レンが揶揄《からか》うように言ってくるが、僕はちゃんと挨拶をこなしたと自負している。そんな僕たちは今、風に当たろうとバルコニーに出ていた。

「僕、ちゃんと王族しているでしょ」

「えぇ、王族ですからね。どうぞ、そのまま王族としての振る舞いをお願いしますよ。これあげますから」

ご褒美あげるからちゃんと挨拶しなさいというような、まるで子どもに言い聞かせるように言ってくるため、僕はムスッと口を尖《とが》らせる。

「ニア、どうした。キスして欲しいのか？」

スルッと頬を撫《な》でられ、レンが顔を近付けてくるため、僕は慌ててぶんぶんと首を横に振る。

「こ、こんなところで駄目！」

「ふっ、冗談だ。……夜が楽しみだな」

美しい顔と、月夜に照らされる白銀の髪、その頭の上にある獣耳。僕の声を拾おうと、耳がこちらを向いている。何度見ても可愛い。尻尾《しっぽ》はゆらゆらと楽し気に揺らされて僕の視界にチラチラと入ってくる。これ絶対わざとしている。分かっているのに、どうしても触れたくなって、うずうずする。

「レン、ちょっとだけ。ちょっとだけ触らせて」

ピルッと獣耳を動かしたレンは、その動きにつられて視線で追う僕に意地悪気に笑うと、

「思う存分、ベッドで触らせてやる。今は、我慢だニア」

チュッと頬に唇を落とされた。

「陛下もニアノール様も、今は誰にも見られていませんが、慎んで下さいよ？　私がラント様に怒られるんですからね！」

そんな僕たちに、アルは釘《くぎ》を刺してきたが、今のはレンが悪いのでは？　と怒られたことに対し不満が出る僕。

「僕悪くないもん。今悪かったのはレンだよ。レンだけを叱ってよ」

「陛下を叱れるわけがないじゃないですか」

何を言っているのだと言わんばかりに、驚いた表情で僕を見てくるアルエード。何だこいつ。お

前は僕の一番の味方であるべきじゃないのか！　心の中の何人もの僕は、アルに対してソーサーを構える。

「決闘だ！」

「ニア、落ち着け」

そんな僕に対し、レンが笑ってアルが取ってきた皿を差し出してきた。

「……可愛い。すごい、これ、リスっぽい。立っている、可愛い」

立体的な焼き菓子はリスのような形をしており、耳も尻尾もちゃんと形作られている。

「よし、これを作っている人を紹介してもらおう」

「坊ちゃん、お願いしますから心のままに動くのは止めて下さい……」

アルがなんだか疲れたような声でそう言ってきたが、僕はそれには気付かぬふりをする。

「そうだな、レナード王に確認してみよう」

レンは僕の腰に腕を回し、髪に顔を埋めてくる。くすぐったくて思わず笑ってしまう。そんな中、

「レンウォール陛下、こちらにいらしたのですね。羊毛の件で、紹介したい者がいるのですが、よろしいでしょうか」

レナード王自ら、レンを呼びに来た。仕事の話だなと分かったため、レンにはもうしばらくここにいることを伝え、行って来てとそっと腰に回されている手を撫でた。

「……分かった、待っていてくれ」

レンは少し嫌そうだったが、仕方ないと腕を放し、アルに目配せするとレナード王と共に中へ戻

って行った。

「ねぇアル。僕考えたんだけどね。レナード王の部屋に行くには……」

「坊ちゃん、それ絶対他のところで言わないで下さいね？　すごく誤解を招きますから」

「何で？　アルも見たいでしょ、長毛の猫。すごく大きいらしいよ？」

「いえ、私はそこまで興味を持てないのですが……」

僕がアルと話しながら、ちゃんと大人しく待っていると、

「なぁ、あんた。見掛けねぇ顔だけど、どこのやつ？」

話し掛けてきたダークグレーの衣装を着たその人は、褐色の肌に大きな金の輪っかのピアスをしており、無造作に髪を後ろで縛っていた。凛々《りり》しい眉《まゆ》と端整な顔立ちであるため、その装いが良く似合っている。

「二人とも可愛いな。外出ない？　ここって息詰まるだろ、君らも逃げて来たんじゃないの？」

続けてそう言われるも、僕は反応せず、ただ微笑みを浮かべていた。

「俺、金はあるから大丈夫だよ。親に怒られたりする？　でも俺と一緒なら怒られないと思うよ」

ニヤッとイタズラを思い付いたように笑うその人は、僕よりも背が高いし筋肉だってしっかりついていることが良く分かる身体をしているが、どこか少年のような雰囲気がある。

「いえ、連れがいますので」

やんわりと答えると、その人は不満そうに、

「え～。じゃあ俺の部屋はどう？　すぐ近くだし、ミャコもいるよ」

と言ってきた。

……ミャコ？　とは何だろう。

僕は疑問に思うも聞き返さず、少し困った風を装って表情を崩してみる。

「あれ、聞いたことない？　長い毛が特徴の珍しい種類の猫だよ。結構大きいんだけど、大人しくて可愛い……」

「行きます」

僕はそれを聞いて即答した。横でアルが阿鼻叫喚《あびきょうかん》の形相をしているが、知ったことではない。

僕のミッションが達成される時が来たのだ。

「ミャコって言うのですね。長毛の珍しい猫がいることは聞いていたのですが、名前は存じ上げませんでした。毛は何色でしょうか、長毛であるなら、さぞブラッシングのし甲斐《がい》があるでしょうね。さぁ、何をなさっているのですか、行きますよ」

興奮して少し早口になってしまったが、念願のミャコを見ることができるのだ。何をぽかんとしているのだろうか。早く案内して下さい。

僕はワクワクとその人を急かすも、何故か戸惑うような表情でなかなか案内してくれない。

「あの、ミャコ……」

見たいのですけど、と見上げて首を傾げる。何故固まっているんだ。見せてくれるって言っていたじゃないか。僕はちゃんと聞いていたからね。絶対逃がさないからね。

すると、その人は僕を見下ろしたまま、ハッとして視線を外し、ゴホン、と一つ咳払《せきばら》いをした。

「あ〜、うん、ちょっと待って。うん。……ねぇ、名前教えて？　俺は……リオルって呼んで」

「僕はニア。ミャコはリオルの部屋にいるの？　ミャコは部屋に住んでいるの？」

ズイッと近付きながら聞く僕に、少しリオルの顔に赤みが差した。

「えーっと、落ち着いて、ニア。そう、俺の部屋にいるけど……。来る？」

リオルは、そう聞いてきながら僕の腰にそっと腕を回してきた。触れるか触れないかという程度の僕に選択を任せるスタンスで。

「坊ちゃん、私は知りませんからね」

アルが小声で言ってきたが、さっと見に行ってさっと帰ってくればいいだろうと、楽観的に考える僕。もう僕の頭の中はミャコでいっぱいだ。チラッとレンの姿を探すと、向こうの方で話し込んでいるし、相手側の後ろに3人控えているのを見るとまだ長引きそうだと考える。よって、もうしばらく時間がかかるだろうと判断した僕。

「行く！　触ってもいい？　ストレスにならないかな」

「ニアみたいに可愛い子に触られたら、ミャコも嬉《うれ》しいよ。じゃ、行こっか。そこの君は？」

リオルがアルに向かって聞くと、

「行きますよ、えぇ、行けばいいんでしょうとも。知りませんからね、私は」

疲れたようにそう返した。

そして、リオルに促されるまま、僕たちは夜会を後にし、王宮内の廊下へと出た。

「ニアは珍しい髪の色をしているね。こんな可愛い子、見逃すはずないいんだけどな。家名を聞くのは、やめておくよ」

「ミャコはどのぐらいの大きさ？　生息地はどこ？　ここに迷い込んできたくらいだから、暖かい気候の国かなぁ」

「……うん、ニア、俺のこともちょっと興味持って欲しいな～」

歩きながら話していると、リオルが苦笑しながら僕にそう言ってくる。僕は、ハッとして、慌ててリオルの言葉を思い出して返答する。危ない危ない、少し暴走してしまっていた。

「可愛い子は見逃さないよね。僕も毛1本ですら見つけ出してちゃんと保管するから、一緒だね」

「……ん？　毛？　ニア、何の話？」

戸惑ったようなリオルの声に、僕は首を傾げる。

「……坊ちゃん、頼みますから。お願いですから」

アルが、泣きそうな声を出しながら懇願してくるが、一体何のことだ。可愛い子の話は大歓迎だ。もしかしたら、リオルも同類かもしれない、と期待しワクワクする僕。

「えーっと、あ、ここが俺の部屋だよ。ようこそ」

いつの間にか、着いたらしいリオルの部屋。大きな扉には装飾品が上品に施されている。

「どうぞ」

リオル自ら扉を開けてくれたため、僕は促されるまま中へ足を踏み入れた。すると、そこには。

「みゃあ」

2人掛けソファに、横になり寛いでいる猫の姿。サラサラと流れるような毛で覆われ、顔周りは綺麗《きれい》にカットされていて顔立ちが良く分かる。

「ミャコ、ただいま。お客さんだよ」

リオルは、そう言ってミャコがいるソファに向かうと、ミャコはふいっと顔を背けてスルンとソファの後ろに降り立ってしまった。

「……まぁ、見ての通り、あんまり懐かれてないんだけどね」

僕を振り返って、リオルが苦笑しそう言った。しかし、そんな言葉は耳には届かず、僕はミャコをロックオンしていた。

……か、可愛い！　見て分かるサラサラの毛並み。獣耳の先の方からグラデーションのように薄桃色から白へと変貌《へんぼう》する珍しい毛質。前足と後ろ足も、同じように先は薄桃色で胴体に向かって白になっており、とても美しい。

僕は、ふらふらとソファの後ろに回り込んで、そこで前足を舐《な》めているミャコに近付く。するとスッと舐めるのを止めて、僕を見据えてくる。瞳《ひとみ》はブルーで、まるで生きた宝石のよう。出方を窺《うかが》うような視線を向けられる中、僕はしゃがみ込んで、目礼をする。そして、そのままじっと動かず。すると、少しずつミャコが近付いてきたため、指先を前に出した。ミャコは僕の指に鼻を近付けてしばらくフンフンと嗅《か》いでいたが、ペロッと舐めてくれた。

「僕はニア。よろしくね」

小さい声でそう言うと、ピルッと獣耳を動かしたミャコは、そのまま僕に近付いて来て身体をすり寄せてくれた。

「えっ……。ニア、すげぇ」

リオルがビックリした声を上げているが、僕はそれどころではない。ミャコは、しゃがみ込んでいる僕の身体をぐるっと一周して、頭をぐりぐりと顔に押し付けてくる。ミャコの喉元《のどもと》を優しく撫でると、ゴロゴロと気持ち良さそうに喉を鳴らした。

「か、可愛い……！」

僕は感激して、許されるまま背中に手を滑らせた。ピルピルと動く獣耳が頬に当たる。ありがとう、ありがとう、とても至福です。さっきからヒゲもチクチク当たっているが、1本落としたりしないだろうか。ぜひ頂きたい所存です。

「サラサラだね、ブラッシングしてもらっているの？　僕もしてもいい？」

「みゃぁ」

僕の言ったことが分かったように、一声鳴いたミャコは僕の膝《ひざ》に頭を降ろした。

……うぅ、可愛い。気持ち良さそうに目を閉じているミャコは、喉をゴロゴロと鳴らし、その振動が伝わる。

「僕、ここに住む」

ミャコの上から覆い被さるようにして優しく抱き着く。

「坊ちゃん……」

そんな僕の様子を見て、扉の前に立つアルが顔を覆ったのが分かった。

「ここに？　俺は大歓迎だけど」

その中で、リオルの声が上から聞こえ、見上げるとソファの背もたれに肘《ひじ》をついてはにかんで僕を見ていた。

「ミャコがこんなに懐くのって初めてなんだよ。俺も使用人たちも、心を許してもらってないんだよな。ニアがいてくれたらミャコも嬉しいだろうし、俺も嬉しい」

そう言われ、僕はミャコを見下ろす。

「ミャコはここが好き？」

獣耳をミコミコと揉《も》み撫《な》でながら聞いてみると。

「うみゃあ」

返事をしてくれて、僕は可愛くて笑みが漏れた。

「ミャコはね、リオルのこと嫌いじゃないって」

笑ってリオルを見上げて、そう言ってあげる。そんな僕に目を丸くしたリオルは、頭を掻きながら苦笑し、まいったなと呟《つぶや》いた。

「なぁニア、俺……」

――ドンドン！

「リオネイル！　いるんだろう、出てきなさい！」

突然、鳴り響いたノック音と叫ぶ声。僕はすぐさまミャコに抱き着いて背中を撫でながら落ち着かせる。

「あー、悪い、ニア。ちょっと待っていて」

少し不機嫌になったリオルは歩いて行くと、扉を開けた。

「リオネイル！　何故お前が……！」

扉の向こうには、レナード王が顔を険しくして立っており、リオルに向かって怒り口調で捲《まく》し立《た》てようとした時。

「ニア」

レナード王の横から、白銀の尻尾《しっぽ》を揺らして僕の名前を呼ぶと、部屋の中へ歩みを進めてくるレン。

「あれ、レン、話は終わったの？」

話が終わるには早すぎる気がするんだが。そう思いながら、近付いて来るのをぽかんとしながら待つ僕。

「ニア、何に抱き着いている」

傍まで来て立ち止まると、そう言って見下ろしてくる。

「この子、ミャコだよ、ミャコ。可愛いでしょ。ふわふわのサラサラだよ」

ふふん、とミャコに抱き着いていると、ミャコは僕の頬をペロっと舐めた後、僕と同じようにレンを見上げた。

「……ニア、帰るぞ」

僕たちを見て片眉を上げたレンは、僕の腕を掴《つか》むと引っ張り上げようとしてきたため、慌てて足に力を入れるが……。

……ガシッ。

「フシャーッ！」

ミャコが爪を立てて僕の服にしがみ付いてきた。

「あ……あ……あ……」

僕は感激して、この可愛い存在に言葉を失っていると。

「……チッ」

お腹に腕を回してきたレンの腕に、強制的に持ち上げられてミャコから引き離された。

「ミャア、ミャア」

僕から滑り落ちてしまったミャコが、レンに持ち上げられている僕の周りをウロウロと歩いて、心配するように見上げて何度も鳴いている。

「鳴き声可愛い……」

僕は見上げて来るブルーの宝石を見返して微笑むと、ミャコは鳴くのを止めてレンを見上げた。

「……これは俺の番だ」

レンが低い声でそう言うと、ミャコはじっとレンを見つめた後、フンフンとその場で匂いを嗅ぐ仕草をした。そして、ピルッと耳を揺らすと、興味を失ったようにフイっと顔を背けて、前に回り込むとソファに横になった。

「れ、レンウォール陛下、この度は、愚息が本当に申し訳ありませんでした……！」

レンが僕を持ち上げたまま踵《きびす》を返すと、レナード王がその場でリオルの頭を下げさせながら謝罪してきた。

「あぁ、構わない。交流を深めることは我が国にも利益がある。……だが、手を出すなら容赦はしない」

冷たい声でそう言うレンに、レナード王は顔を青くして頭を下げた。リオルは、頭を下げられたまま、視線だけで僕を見た。その戸惑うような視線に、僕は苦笑し、ヒラヒラと手を振った。レンの視線が僕の頭に突き刺さるが、何も言われず。僕は宙ぶらりんのまま運ばれることになったのだった。


「え、レン、どこに行くの、そっちは……」

「風呂だ。一緒に入るだろう、ニア」

口角を上げながら、笑っていない目で見下ろされ、連れ込まれたのは浴室。人払いをされており、二人だけの空間に僕は戸惑いながら、いや、それはちょっと……と言葉を濁す。

「ニア、大人しく待っていると言っていたはずだが？」

そう言われ、うっと言葉を詰まらせる。

「で、でも、レンは忙しそうだったし、少しだけって……」

「……あの猫に釣られたのだな？」

レンの探るような声にドキッとする。ここに来る道中、レンに珍しい猫がいるのだと聞かされた時に興味を持ったことを知られたのが運の尽きか。

「えっとね……。リオルが、話し掛けてくれて……」

僕はレンから視線を逸らしながら、慎重に言葉を選んで話し始める。

「あぁ、もういい。ニア、脱がすぞ」

レンの手でスルスルと衣裳《いしょう》とアクセサリーを外されていく。僕が慌ててレンの腕を掴んで止めようとするも、レン相手に全く抵抗にもならず。心の中の何人もの僕は、真っ赤になってわたわたと逃げ惑うが、どうしようもないためお互いぶつかり合っている。

「ぅあ……」

……恥ずかしい！

全部脱がされ、真っ赤になりながら身体を隠そうとする僕をすぐさま抱き上げたレンは、自分の服はそのままで、浴室の扉を開けると立ち込める湯気の中を歩きだす。そして、僕を抱き上げたままの状態で、張ってある湯の中へ。自分の服が濡《ぬ》れることも気にせず、そのまま僕を湯の中へ降ろすと、首筋に顔を埋めて舐められる。

「ひゃっ、れ、レン……。んんっ……。いっ……！」

そして、カプッと甘噛《あまが》みされ、刺激に声が上がった。レンの手に身体を撫で回されながら、顔中にキスを落とされる。湯の温かさと、中からくる熱で頭がボーっとしてきて、力が抜ける。そんな僕の背中に回したレンの腕に、グッと抱き寄せられながら、深くなる口付けに、自分の声が浴室で響きクラクラしてくる。

「はっ、んぅ……んっ……」

レンに支えられたまま、離れた唇を追うが、後頭部を掌で覆われて、目を合わせられる。濡れた髪と獣耳から雫《しずく》が落ちて、僕の顔に落ちて来る。

「ニア、言っただろう。他の雄に抱き着くなと。君から他の雄の匂いがするのは我慢ならない」

――分かるな？

獰猛《どうもう》さを含んだレンの目に僕が喉を鳴らすと、噛《か》み付くようなキスを贈られ、それと共に身体にも刺激を与えられる。我慢できず達してしまった時、抱え上げられて湯から出されると、そのまま僕の中へとレンの硬く熱いものが入ってきて、何度も敏感なところを擦られ、過ぎた快感を受け続ける。そして、レンにしがみ付く力もなくなり、抱えられるまま身体を揺さぶられ、意識が遠退《とおの》いていったのだった。


「街案内……！」

思い出してハッと目を覚ます僕。ベッドの中で、起きたら綺麗《きれい》にされた身体に感謝しながらも、すでに日が昇っていることに気付く。街案内はどうなったんだと焦って起きようとすると、横から伸びてきた手に腕を掴まれベッドに逆戻りになった。そして、引っ張った張本人のレンが眉《まゆ》を寄せて僕を見ると、そのまま覆い被さって来た。

「ニア、どこに行くんだ」

「え、街案内……。動物いっぱいの街……」

……怒っている？

首を傾げる僕を見て、レンは目を細めると、僕の首筋に顔を埋めてスリスリと擦り付けてきた。

獣耳が頬に当たってくすぐったい。ピルッと動かしてぺちぺちと頬に獣耳を当てられ、あまりにも可愛い刺激に頬が緩む。そして、レンは僕の体中にグリグリと頭を擦り付けたり、舐《な》めたりしてきて、僕はまた組み敷かれるのかと思って焦ったが、満足したのかそれ以上のことはされずに離された。僕は少しきょとんとしたが、もう昼前だったため、急いで支度をする。

「アル、アルーっ！」

手伝ってくれとアルを呼ぶと、すぐに扉をノックする音が聞こえて入ってもらう。

「街を案内してくれるって言っていたから、いっぱい動物たちと触れ合うんだ～」

昨日、見ただけでも本当にそこかしこに動物がいて、基本的に動物が嫌がらなければお触りも許されるのだという。もうすでに楽しみで仕方ない僕は、ワクワクしながら準備していく。アルの他に、別の使用人も一緒に準備を手伝ってくれたのだが、何やら顔色が悪い。さっきから、僕に触れないように一定の距離を取られている気がするのだが……？

「ねぇ、大丈夫？　顔色悪いよ、休んだ方がいいんじゃない？　可愛いウサギ耳の毛が逆立っているよ、どうしたの？」

心配になって、近付こうとすると、顔色が悪いまま一歩後退って笑顔で一礼される。

「申し訳ございません、ニアノール様。私は大丈夫ですので……」

そう言いながらも、僕と一定の距離を置いて支度を手伝おうとする使用人。

「……もう下がっていい。使用人たちも羽を伸ばせ」

僕が何か言う前に、レンがそう言い放つと、恐らく金貨が入っているであろう袋をその使用人に向かって投げ、口角を上げた。

「っありがとうございます。陛下、ニアノール様。失礼致します」

使用人は、受け取ったものを両手で抱え、美しく礼をすると部屋から出て行った。

「……ねぇ、僕、何かしちゃったの？」

さっきの使用人の態度に、少し引っかかりを覚えてレンに聞くと、

「ニアを嫌うことは有り得ない」

当たり前のように言われ、アルもうんうんと頷《うなず》いているが、アルの評価は割と当てにならない。なんだかんだで結構な僕贔屓《びいき》だからね、アルは。

……じゃあ、何だったのだろう。

どこか怖がっているような様子もあったため、余計に気になる。しかし、思い当たることが全くない。あの使用人は、時々僕の身の回りの世話もしてくれていたし、いつも笑顔で楽しそうにしていた印象がある。思い返してみても、僕が何かした覚えはないし、するはずもない。考えながらもいそいそと準備をする僕を見て、レンは使用人が持って来た服に袖《そで》を通しながら、何かを含んだよ

うに楽し気に笑ったのだった。

ここの王宮の使用人が呼びに来て、案内された部屋に行くとすでにレナード王が待っており、隣に立つ人を紹介される。

「お待ちしておりました。本日は、この者たちに街を案内させます。ノース公爵、こちらレンウォール陛下だ」

「初めまして、レンウォール陛下。コリン・ノースと申します。本日は、私が案内を務めさせていただきます」

笑い皺《じわ》のある優しそうな男性がそう挨拶《あいさつ》してきた。そして、その横に立っていたのは。

「……昨晩は、大変失礼致しました。リオネイル・ラモールと申します」

ミヤコと会わせてくれたリオルが、夜会の時の遊び慣れているような装いとは違い、髪はオールバックにして整えて、太陽を思わせる明るい橙色《だいだいいろ》の服を身に着けていた。

「気にしていない。ニアが迷惑を掛けた。今日は世話になる」

レンがノース公爵に挨拶した後、リオルにも声を掛けた。

「こちらこそ、よろしくお願いします」

僕はもう今の時点からワクワクが止まらない。ニヤけているであろう顔を何とか微笑みに抑えながら挨拶を返した。リオルの視線がチラチラと刺さるが、気にしない。今、僕は王族なので。王族としての振る舞いが必要なので。

そして、いよいよ街へと向かう僕たち。レンは獣人で、使用人たちもアル以外はそうであるが、このラモール国では奇異な目で見られることはあまりない。動物を愛する国なのだ。どちらかというと、獣人を動物の進化と考え、敬意を示す存在だと捉《とら》えている人が多いのだとか。その思考は、僕にはよ〜く分かる。動物そのものが、神が可愛らしさを詰め込んで創造したに違いない存在なのだ。それを受け継いでいるであろう獣人はもはや可愛らしさの進化系。ラモール国の人々とはきっと朝まで語り明かせることだろう。そして、そんなラモール国であるから、レンたちが姿を見せるとどこか神聖なものを見るような目で見てくる人が多いのだ。騒ぎにならないように、騎士団も派遣してくれているらしく、一定の距離で護衛をしてくれている。

僕は意気揚々と街に繰り出し、動物たちを探す、探す、探す……のだが。

「いない……？　あ、あそこに……。あぁ、行っちゃった……」

さっきから、街中を歩いているのに一向に動物たちを見掛けないのだ。やっと視界にウサギが見えたと思ったら、こちらを向いて耳をピン！　と立たせるとすぐに後ろを向いて走って行ってしまった。

……何故？　さっきから、全く触れ合えないどころか、やっと見掛けても逃げられてしまう始末。こんなことは今までなく、だいたいその子に合った関わりや触れ方もある程度は知っているつもりだ。無理強いなんて絶対しないし、その愛らしさを堪能させて欲しいだけなのに。期待が大きかった分、この現状にショックを隠せない僕。心の中の何人もの僕は、ティーカップから紅茶をポタポタ溢して途方に暮れている。

「……おかしいですね。いつもならこの辺りには色んな動物たちが休憩しているのですが」

ノース公爵は、首を傾げながらも、この街の特産物や名産品を説明しながら店を紹介していく。僕が動物と会いたくて触れ合いたくて仕方ない気持ちでいることを知らないノース公爵は、動物たちがいなくても然程《さほど》気にならない様子。僕はすごく気になるのですが。名産品より動物を紹介して欲しいのですが。そう思いつつも、さすがにそんなことは言えないため、笑顔のまま説明を聞き頷く僕。そんな中、機嫌の良さそうなレンに内心首を傾げる。腰を抱かれながら、止まった時に尻尾《しっぽ》が僕の足に絡みついたり、腰に回ったりしている。この尻尾のおかげで今の僕は精神が保たれています。ありがとうレンの可愛い尻尾。

「レン、何か良いことでもあったの？」

そう聞くと、レンは口角を上げて僕を愛し気に見ると、髪にチュッとキスを落としてくる。

……？　何だろう。

僕は照れながらも、レンの行動を不思議に思う。

「……ニア、ノール様。この子、旅立つ前に挨拶に来てくれたようです。人馴《ひとな》れしているから、触れても大丈夫だと思いますよ」

そんな時、リオルが僕に話し掛けてきて、そちらに顔を向けると鮮やかな青色の羽を纏《まと》った全長50㎝程度の大きな鳥が、リオルの肩にとまっていた。いつの間に!?

僕は驚きつつも、ふらふらと近寄る。必然的に、レンも一緒に。腕を伸ばせば触れられるという距離まで近付いた時。

「キュイッ」

その鳥が一声鳴き、礼をするように頭を垂れた。それに対し、レンは口角を上げてフッと笑うと、クイッと顎《あご》で上を差した。僕は何が何だか分からず、視線がレンと鳥さんを行き来する。すると、

――――バサッ！

鳥さんが青い羽を広げて、リオルの肩から飛び立ってしまった。

「……綺麗」

空の青さに溶け込まない、明るい鮮やかな青が、悠々と高く昇っていってしまう様子を見て、感嘆の息が漏れた。

「あの子、最近この国でよく見掛けていたのです。人の言葉を理解しているような行動をとるので、皆色々話し掛けたりしていたのですよ」

同じように空を見上げながら、リオルがそう言った。

「そうなのですね。この国を旅立つのでしょうか」

僕がそう聞くと、

「どうでしょう。しかし、あの子は帰る場所があるのだと思います。迷わず旅立ちましたから」

動物と共存している民であるリオルが言うのであれば、そう感じる何かがあったのだろう。僕は特に疑問も持たず、そうなのですねと返した。だが、レンへのあの態度は何だったのだろうか。それに、レンの行動も。

……もしかして、レンは動物と話すことができるのでは!?

獣人には、祖先の血が濃いと種族間で意思疎通ができる者がいると聞く。もしかして、レンもそ

うなのでは⁉　羨《うらや》ましい！

バッとレンを見ると、視線に気付いて僕を見下ろしてくる。

「どうしたニア。疲れたのか？」

ならば部屋に戻ろうと踵《きびす》を返されそうになり、慌てて踏ん張って止める。まだ全く動物たちと触れ合えてもいないのに、戻れるわけがない！

「全然疲れてないから、大丈夫だよ。ねぇ、さっきの鳥さんとのやり取りは何だったの？」

小声でレンに尋ねる。レンは耳が良いため、小さすぎる声でもちゃんと聞き取ってくれるのだ。

獣耳って可愛いし形も完璧《かんぺき》だし、優秀だし、良いことしかないのだが。

「……戻るように促しただけだ」

フッと笑ったレンがそう言うも、それ以上は教えてくれる気がないのか、あの鳥さんの特性や習性などを知っていて対応しただけなのか。僕は気になるも、今追及するわけにはいかないため、納得したフリをする。

「少し休憩しませんか？　あちらの店で昼食をと考えておりますので」

そんな中、ノース公爵が案内してくれた店は王族御用達の印が掲げられており、すでに店員が店先に並び待機していた。

「ようこそいらっしゃいました。どうぞこちらへ」

中へと案内され、席に着く。そこからも、ノース公爵の接待は続く。

「我が国は動物と共に暮らしていた初代国王から成ったと言われています。そのため、動物と共に生きることは我が国として……」

国と動物との関係や、何故ここに動物が集まるのかなど、歴史を説明されながらの食事となっているが、中々面白いため、僕の機嫌は上昇していく。動物たちと触れ合えていないショックが、可愛い話で相殺されていく。

「特にこの時期は、リュナの実がなるためピノという小さい動物が良く来るのですよ」

「ピノとはどのような動物なのですか？」

さっきから、見たことも聞いたこともないような動物の名前が出てきて、何度も話を中断してしまうが、ノース公爵は嬉《うれ》しそうに説明してくれるのだ。この人も動物好きとみた。

「ウサギのような耳と尻尾をしていて、手で上手く実を取っては食べる姿が風物詩なのですよ。人間が木の下で立っていると、実を取れないのかとわざわざ取って来て渡してくれるような動物で、とても人懐こいのです」

……もう想像だけで可愛いのだが！　小さい手でそのリュナの実を取って、手渡してくれるんだって！　そんなの可愛いに決まっている！

「それは可愛らしいですね。ぜひ私も経験してみたいものです」

表面上はそう言いながらも、絶対に経験しようと心に決める。とても良いことを教えてもらった。そのリュナの木を教えてもらおう。何時間でも待ってやる。会話しながら静かにそう考えていると。

「リュナの木は南地区にあったな。明日行くか」

レンが僕の考えを読んだようにそう言ってきた。

「おぉ、ご存じだったのですね。では、明日は南地区をご案内しましょう」

にこにことノース公爵が言ってきた。僕はぜひ、と了承する。

「失礼致します。ノース公爵様」

「あぁ、レンウォール陛下、ニアノール王妃、少し失礼致します。引き続き食事を楽しんで下さい」

何か打ち合わせがあるのか、そう言って呼びに来た人に続きノース公爵が席を立った。

「ねぇ、リオル。どうして今日はこんなに動物がいないの？」

公爵がいない今、砕けた口調でリオルに話し掛けると、少し驚いたように一つ咳払《せきばら》いをしたリオル。

「えっと……。俺もそれがどうしてかまでは分かりません。今は篭《こも》る時期ではないですし、どこかにはいると思うのですが」

チラッとレンを見て話すリオルに首を傾げる。

「リオル、レンはリオルには怒ってないよ」

昨日のことが尾を引いているのかと思ってそう言う。レンはそもそも、リオルの部屋に行ったことについては怒ってはいない。部屋の中までアルも付いて来ていたし、部屋の外には使用人だっていた。マナー的にも特に問題があったわけではないのだ。そもそも、リオルがレナード王の息子で王太子であることぐらい知っていた。それぐらいの前情報は僕も頭に入れてきている。リオルが僕のことを知らないとはさすがに驚かされたけれど。

「……そうなのですか？」

リオルが少し驚いたようにそう言った。

「うん。誤算だったのは、ミャコが雄だったことかなぁ」

もちろん、会った時にミャコが雄であることは気付いていたのだが、まさかそれに対してレンが怒るとは僕も思わなかったのだ。確かに、獣人は番となった者が他者に触れられたりするのを嫌がると聞いたことがあるし、ミャコだろうと性別が雄であったなら獣人的にはマナー違反だったのだろう。レンは特にそれに関しては何も言う気はないようで、静かにカップを傾けている。僕はうんうんと自分の考えに頷《うなず》きながら、リオルに話し掛ける。

「それはもういいから、動物だよ！」

……全然いないのは何故!?

「俺からは何とも……。この時期は、小動物や中型動物が活発になるので、街中でもたくさん見掛けるはずなのですが」

そう言われ、リオルも分からないのだと苦笑する。そうだ、小動物や中型動物がたくさんいる時期だと知っていたから来たのに。昨日だって、道中の馬車の中、外にはたくさんの動物がいたのだ。それが、今は全くと言っていいほど見掛けない。遠くに存在を確認できたと思えば、すぐにいなくなってしまう。何故だ。

「うぅ。会いたいのに……」

僕は悲しくなってきて、シクシクと嘆きながら食事を進める。

「なら戻るか？　思う存分、私に触れればいい」

僕の耳元に口を寄せて、悪魔の囁《ささや》きをしてくるレン。尻尾で腕を撫《な》でてこないで……！

ぐぬぬと誘惑に抵抗していると、

「……ニア、と呼んでも？」

リオルが、僕ではなくレンを見てそう言った。レンは、リオルを見据えると、

「ニアがいいなら、構わない。好きにしろ」

そう言い放った。それに対し、少し頭を下げたリオル。何故当事者の僕に聞かない？

「ニア、俺のこと分かっていたのか？」

リオルに聞かれ、僕は首を傾げる。

「ミャコがリオルの部屋にいたこと？」

「……いや、そっちじゃなくて。俺が王太子だってこと」

僕の返しに苦笑し、そう言われる。

「当たり前だよ。さすがに訪問する国の王族を知らないわけないでしょ」

リオルは僕の言葉に、だよな、と後ろ手で頭を掻《か》いた。

「悪い、ジーン国王が来るってことは聞いていたんだけど、王妃も来るとは聞いてなくて。所用で国を出ていて、思っていたより早く戻ることができたから飛び入りでちょっと参加しようと思っただけだったんだ」

「そうなんだ。リオルはよく遊んでいるの？」

夜会での振る舞いや格好を思い出して聞いてみると、リオルはグッと息を詰まらせたような音を

出すと、水を飲んで息を整えた。

「あー……。いや、まぁ、少しだけ……」

「なるほど、思春期？　僕もね、成人したら絶対国を出て、好きに生きるんだって思っていたよ」

僕がそう返すと、驚いたように見られる。僕だってね、いつもいつも、外では仮面被って、口調も表情も態度も気を張っていなければいけない状況は疲れるんだよ。『王族』という肩書を持ってしまっている以上、どうしたってそれなりに振る舞わなければならない。王宮に戻れば飼っている子たちが癒してくれていたけれど、僕は国を出る予定だったため、それ以上の子たちを迎え入れることはできなかった。もちろん、僕が国を出る時は、飼っている子は皆連れて行くつもりだったが。

「国を出た後は、ラモール国にも行きたいって思っていたんだ」

ここなら、僕の飼っている子たちだって住みやすいんじゃないかと思っていた。一度訪れて、居住を決めたら皆を迎えに行こうと考えていた日々が懐かしい。

「そうだったのか……。ニアにとって、この国は良い国なんだな」

リオルが、考えるようにそう呟《つぶや》いた。

「良い国だよ、とても。動物と共存するのは、自然を受け入れて生きていくってことだからね。ジーン国にいられなくなったら、ラモール国に行こうって決めていたんだよ」

「そんな時は来ない」

僕が言ったことに対し、レンが返してくる。分かっているよ、僕だってジーン国から出る気はないんだから。

リオルは何か考えているようで、黙ってしまった。僕がまた口を開こうとした時に、ノース公爵が戻ってきたため、一時中断。昼食の後、再び街案内をしてもらったのだった。

「うぅ、結局、全然触れ合えなかった……」

「どうしてなのでしょうね。ニアノール様の異常性を察知したんですかね」

「……僕はちょっと人より獣愛が大きいだけだもん」

「ニアノール様、それが異常なのですよ。分かってないようですが、異常です。きっとそれが伝わってしまったんですよ」

……すごく失礼なんですけど。僕の愛は異常じゃないし、尊いものだし。

王宮に戻って、入浴した後にアルに愚痴りながら、ああだこうだと言い合う。あれからも、動物たちは姿を現さず。僕は悲しい気持ちのまま戻ったのだ。そんな中、僕たちのやり取りを聞いていた、お茶の準備をしていたウサギ耳の使用人が苦笑して僕たちを見た。

「ニアノール様、そんなに陛下の匂いを付けられていては、小動物たちは恐れて出てこないかと思いますよ」

……何だって？

僕はアルと顔を見合わせるも、アルも獣人ではないため分からず首を傾げている。

「ねぇ、どういうこと？　レンの匂いが僕についているの？」

嫌な予感がしながら僕がそう聞くと、

「いえ、入浴されたので、今はだいぶ薄まっていますが……。午前中にお支度のためにお伺いした時、陛下の攻撃的な匂いがニアノール様からしていたので……」

不思議そうにそう言われる。獣人からすれば、当たり前に感じることであり、僕が分かっていないとは思っていないのだろう。だがしかし。僕はそれを聞いて、今日の街での出来事を思い出し、もしかしてと考える。

「こ、攻撃的な匂いって、それって、動物がちょっと近寄って来なくなるぐらいだよね……？」

「いえ、陛下は獣人としての力がお強いので、恐らく視界に入る前に危険を察知して逃げると思います」

断定され、僕はわなわなと震える。

「レンのせいじゃん！　レンはどこ行ったの！」

「戻って来て早々にお見送りしたじゃないですか。レナード王と話があるって行かれましたよ」

冷静にアルにそう言われ、ボフッとクッションを投げつける。

「痛っ！　八つ当たりしないで下さいよ。陛下だって、坊ちゃんが所構わず獣愛を発揮したらと懸念してそうして下さったのですよ」

アルはうんうんと頷いて、ラント様に怒られずに済みますと笑顔でそう言ってきた。心の中の何人もの僕は、ティーカップに熱々の紅茶を注いでポコポコと怒りを露わにしている。

「絶対、違う！　だってレン怒っていたし、その腹いせだ！」

ミヤコと触れ合ったことに怒って、僕にこんな仕打ちをしたんだ！

「いや、それだと悪いのは坊ちゃんですよね」

……それを言う？　僕だってちょっと頭を過《よぎ》ったけど、今日の期待していた分のショックを上回らせて言ったのに。

「アルは僕の味方じゃなきゃ駄目でしょ！」

「坊ちゃん、私はニアノール様の味方ですけど、駄目なことや嫌なことはノーと言える味方です」

……何をちょっと誇らしげに言っているんだこの侍従は。

「ニアノール様、陛下も何かお考えがあってのことだとは思います」

ウサギ耳の使用人と、夜食用に菓子を持って来てくれた使用人も同様に、そう言ってくる。

「そうかなぁ。でも、そのレンの匂いのせいで動物たちを見掛けることもほとんどなかったんだから、僕もちょっと怒ってもいいと思わない？」

不貞腐れながらそう聞く。

「坊ちゃん、何で私以外の使用人にはそんなに優しいのですか。私にも優しくして下さい」

うるさい侍従である。優しくして欲しかったら獣耳を生やしてこい。

「ええ、ニアノール様がそうしたいと思うのであれば、陛下は受け止めて下さると思いますよ」

使用人たちにそう諭され、僕は渋々頷く。レンが戻ってきたら問い詰めよう。

「……戻った。ニア？」

レンが戻ってきた時、僕はソファでクッションを抱き締めて待っていた。レンが戻ったと同時に、話し相手になってくれていたアルと使用人たちは退室。

「……レン、僕に言うことあるでしょ」

「今日も可愛いな、私の番。愛している」

スッと近付いて頬に唇を落とされながらそう言われ、

「ち、違う！」

慌てて流されないぞと、クッションを盾にして身体を引く。

「違うことはないだろう。事実だ」

「違うの！　レン、僕に匂いつけたでしょ！」

そう言うと、あぁ、そのことかとレンは簡単に認めた。

「どうしてつけたの！　その匂いのせいで、動物たちは近寄って来なかったんだよ！」

「ニア。私は他の雄の匂いがつくのが許せないと言ったはずだが？」

「だからって……！　僕楽しみにしていたのに！」

「昨日、あれにマーキングされていただろう。不愉快な匂いに包まれている番を見て、私が何も思わないとでも？」

「でも、それは、レンが、う、上書きしたじゃん……」

「上書きしても、またマーキングされるかも知れないだろう。予防しただけだ」

「僕、楽しみにしてた……！」

何を言っても反論されて、僕は楽しみにしていたのに、何も知らないまま動物から避けられてショックだったのに……！　と沸々と怒りが湧いてくる。

「レンのバカ！」

クッションに顔を埋めて、レンを見ないようにしてそう叫んだ僕。しかし、レンに向かってそれ以上の暴言を吐くのは僕には難しすぎて、続かない。うぅ～と唸《うな》っていると、

「ニア、すまない」

レンから謝罪の言葉が聞こえ、そっと顔を上げると。獣耳をシュンと垂れさせて、尻尾《しっぽ》も下を向けているレンが、僕の足元に片膝《かたひざ》を突いて下から覗《のぞ》き込まれて、僕は息が止まる。

……可愛いんだが!?　これはずるくない？　その顔も獣耳も尻尾の様子も初めて見たのだが？

「確かに、説明しておくべきだったな。すまなかった。……許してくれるな？」

「いいよ！　僕こそバカなんて言ってごめんね……！」

僕は可愛い獣人に向かって許されざる言葉を吐いてしまったのだ。これでお相子といこう！　とレンに即答する。

「あぁ、レン可愛い……。じゃなくて、ごめんね、レン。そもそも僕がレンに嫌な思いさせちゃったんだもんね。もう怒ってないよ！」

そのまま目の前にあるレンの頭に抱き着き、スリスリと顔を擦り付ける。獣耳が立ち上がり、ピルピルと動く様を堪能する僕。

「……こっちの方が、ニアには効くな」

ボソッとレンが何かを呟いたが、レンの耳を堪能するのに忙しい僕は耳に入らず。そのまま、レンに抱き上げられるとベッドへと運ばれる。

「え、あの、レン、寝るんだよね……？」

優しく降ろされて、昨日もしたし、まさかねと思いながら、何故か覆い被さってくるレンに聞く。

「あぁ、寝ようか」

そう言いながら、服の裾《すそ》から手を入れてくるレン。

「待って待って、昨日もしたよ、レンも疲れているでしょう？」

逃げようと腰を引く僕に、

「ニア、私たちは新婚旅行で来たんだ。……愛し合うのは当然だろう？　湯浴みも一緒にしたかったが、戻るのが遅くなってしまったな」

レンは目を細めて僕の腰に腕を回し、グッと抱き寄せられる。

「え、いや、湯浴みは一人の方が……。あ、明日も、街案内してもらうし、遅れたら悪いし……」

言い訳をしながら、腰を撫《な》でてくるレンの腕を掴《つか》む。

「あぁ、案内は昼からだろう？　私たちが新婚旅行で来ていることは知っているから、気を利かせてくれているのだろう」

……え、そうなの？　そうだったらすごく恥ずかしいのだが!?　僕たちのこと、知られているってことでしょ？

僕が呆然《ぼうぜん》としている間にも、レンの手が上がってきて背中に指を這《は》わせられる。

「ちょ、ちょっと待って、レン、んっ……！」

ハッとしてレンの名前を呼ぶも、口を塞《ふさ》がれてこじ開けられた唇を割ってレンの熱い舌が入ってくる。

「はっ……ぁ……っ！」

水音が響いて、恥ずかしさで顔が熱くなる。その間にも、レンの手は僕の身体を這いまわり、ピンと立ち上がってしまっている胸の突起を指でいじられ、ビクビクと身体が揺れる。熱くなってきた身体に、助けを求めるようにレンの首に腕を回すと、すでに立ち上がり掛けている足の間のそれにレンのものを押し当てられる。

「んんっ……！　あっ……！」

服を剥《は》ぎ取られ、直接レンのものと擦り合わされて呆気《あっけ》なく達してしまう。腰をグッと持ち上げられ、僕の胸に顔を埋めたレンはまだピンと主張している飾りを口に含んで舌で押しつぶすようにして刺激を与えてくる。

もう片方の手は後ろに回り、後孔に指を沿わされる。僕は刺激を逃がそうにも腰を抱かれているためどうすることもできず、ただ与えられるまま快感を享受させられてしまう。

刺激でとろんとなってしまった僕に、熱の篭《こも》った目で見てくるレンは自身のそれを僕の中へと挿入させると、僕の反応を見ながらゆっくり擦ってくる。じれったい動きに、レンに手を伸ばすと、その腕を引っ張られて、レンの上に乗っかるように抱えられ、その動きでレンのものが僕の中にズンッと入ってきてしまい、突然の強い刺激に頭が真っ白になる。

抱えられたまま、少し動くだけでも刺激で達しそうになるため、レンにしがみ付くようにしていたが、そんな僕に舌なめずりしたレンは、容赦なく突いてくる。動けない僕は、レンにされるがまま快感に身を委ねたのだった。


「これがリュナの木?」

翌日、昨日言っていたリュナの木がある南地区へと出向いていた。今日も、ノース公爵とリオルが案内人だ。僕は、わくわくとリュナの木の下に立ってみる。すると。

「キュキュッ、キュゥ」

数分後、頭に近い枝のところまで降りて来たピノと呼ばれる小動物が、片手半分ほどの大きさの薄桃色の実を差し出してきた。僕は感激して、そっと両手を出すと、そこに両手で置いてくれた。そして、すぐにまた木に登っていったのだった。僕は、あまりにも可愛い子からの贈り物に、わなわなと震えながらそれを両手で包むと、いそいそと鞄《かばん》に入れようとして……。

「ニア、私が預かろう。今夜、デザートにしてもらうといい」

「う、うぅ……。そうだね……」

レンに取り上げられ、待機している使用人に渡された。こんなところで、コレクションに加えるから返して欲しいだなんて言えない僕は、泣く泣くレンに同意したのだった。

今日は、レンに匂いも付けられていないため、動物があちらこちらにたくさんだ。だが、やはりあまり近寄っては来ない。レン曰《いわ》く、恐らくは動物同士で情報を共有しており、昨日の印象があるためだろうと言っていた。しかし、昨日と比べると全く違う。常に視界に動物がいるし、近寄って来ないだけで傍に寄ると触らせてくれる。まぁ、こんな外で思う存分本領を発揮することはできないのだけれども。

「ニア、こっち」

リオルが手招きしてきて、僕が近寄ると、茂みの向こうでウサギがリュナの実を食べていた。どうやって取ったのだろうと思っているところに、ピノが降りて来て、そのウサギにあげている。

「えっ、何あれ可愛い……！」

両手で口を押さえて、驚かせないように小声で叫んだ。

「ピノは、人だけじゃなくて他の動物たちにもリュナの実を渡すんだよ。それこそ、自分よりも大きい動物にも。動物学者が言うには、ピノはどうやら陸でいるどの動物より自分たちが上だと思っているらしい」

何だその思考と行動は可愛すぎるのでは？　つまり、木の下にいる者は全てピノより弱い守るべき存在だって思っているってことでしょ？　だから食べ物を恵んでくれるのか。あの小さい身体で何て心の大きい生き物なんだ。

「連れて帰りたい……」

僕の肩にずっと乗っていてくれないかな。食事は全てピノの手を経て食べたい。

「いやー……。ピノは偏食で、一生に3種類の実しか食べないって言われているから、難しいと思う」

リオルに苦笑しながらそう言われた。この国にはその3種の実が生《な》る木があるらしく、常に温暖であるこの国でしかそれらは育たないとのこと。僕はそれならば仕方ないな……と思い、レンをチラッと見てノース公爵と話しているのを確認する。そして、そろそろと再びリュナの木の下に立つ。すると、すぐにピノが降りて来て、リュナの実を渡してくれた。僕は内心可愛さに悶《もだ》えながら、素早く自分の鞄へ……。

「ニア。またもらったのか？　それも今夜出してもらおうな」

後ろからレンに覆い被さるようにして抱き締められ、鞄に入れる前にまたしても没収されてしまった。うぅ、一つくらいいいじゃないか……。

そんな僕たちの行動を見ながら、リオルは笑い、周りにいる国民もまた、微笑まし気に見守っていたのだった。そんな中、ノース公爵がにこにこと、

「ニアノール様はリュナの実がお好きなのですか？　それなら、美味しいタルトを出す店がありますよ」

と案内しようとしてきて、まだここにいたかった僕は上手く誤魔化した。そして、十分ではないけれど、もっといたかったけれど、次の案内場へと行くことになり、その場を後にした。

「ねぇ、ノース公爵って……」

移動中、リオルにそっと聞いてみると。

「天然だ、あの人は。食わせ者でもあるけどな」

苦笑しながらそう返された。うん、やっぱりそうだよね。昨日、ノース公爵の話を中断しまくりながらも、嫌な顔一つせず動物の詳しい説明してくれていたの、あれきっと素だったんだね。

「まぁ、あの人は……」

「レナード王の弟君でしょ。知っているよ」

リオルが続けようとした時、僕は苦笑しながら遮って言った。だから、王族ぐらいちゃんと把握しているってば。身内で他国の王をもてなした方が、他の貴族だって何も言えないだろうからね。その貴族たちを紹介し、自らで繋《つな》がりを求めるならと、ちゃんと夜会を開いてその場を用意していたしね。

ラモール国でも、貴族とのいざこざはやはりあるのだろう。ジーン国と違い、力が全てという訳にはいかないのが人間だ。だから、夜会で、レンも挨拶《あいさつ》には全て応じていたのだ。

「そうか、そうだよな」

リオルはそう言って頭を掻《か》く仕草をした。リオルも、きっと王族として生まれたからには色んな大変な思いをしたのだろう。ラモール国には、後継者となる王太子はリオルだけだ。レナード王には他に子はおらず、愛人も妾《めかけ》もいないし、何より愛妻家だ。世襲制のラモール国だから、必然的にリオルが次の国王となるのだろう。その重圧を背負って生きて来たのだから、逃げたいのも遊びたいのも分かる。

「リオル、動物好き?」

僕は、ふとそう聞いてみる。

「……あぁ、好きだ。一緒に生きて来たからな」

ならば、大丈夫だ。好きなら、それを大切にしたらいい。好きっていうのは、とても強くて、とても大切なものだから。僕はね、その好きって気持ちが強すぎて王族ではいられないと思ったけど、それを受け入れてくれた人がいたから、王族として生きることを決めたんだよ。そう思いながらレンを見上げて笑うと、レンもそんな僕を見て、目を細めてフッと笑った。リオルはそんな僕たちを見て、グッと何かを堪えるような顔をして、前を見据えた。

それから、例の湖も南地区にあるらしく、連れて行ってもらった。そこでも、様々な動物たちが水を飲んだり、中に入って泳いでいたりと好きに過ごしており、楽園のような光景に気を失いそうになる僕。この湖には、あまり人は近付かないようにしているらしい。動物たちの憩いの場として見守っているのだとか。

「それにしても、よくご存じでしたね。この湖のことはあまり知られていないのですよ」

ノース公爵が、僕が湖を見たいと言った時にそう言った。僕もレンに聞いて知っていただけだったから、たまたまですよと返しておいた。レンは良く知っていたなぁ、と感心しながら。

「ニア、この子最近生まれた子たちだ」

リオルが、湖の淵《ふち》で手招きして僕を呼んだ。僕はそっと近付くと、湖の中から丸い小さい耳を生やした胴の長い生き物が、頭に同じ姿形をした小さい子どもを乗せていた。

「かっ……！　可愛い……！　何て名前なの？」

僕とリオルを交互に見つつも、逃げる気配はなく、ククルッと喉《のど》で鳴いている。

「鳴き声の通り、ククルってやつ。陸でも水中でも生きられるんだ。最近、子どもが生まれて人が来る度に見せに来るんだよ」

リオルがそう言い、その子どもに指をそっと近付けると。

——ペイッ！

親ククルが、その指を小さい手で叩《たた》いた。

「見せに来るくせに、触るのは駄目らしいんだよ」

笑って、悪かったよとククルに向かって謝るリオル。

「この湖は、こいつら動物たちの共通の縄張りみたいなもんなんだ。この国のやつらは、それを分かっているからあまり近付かない」

「そっかぁ。ふふ、まだ見てる。可愛いね～」

触るのは駄目だが、見せたいらしい。子は、親ククルの耳を噛《か》んだり、小さい手で引っ張ったりしているが、全く動じず。僕らを交互にじっと見つめて鳴いている。リオルは、もういいだろうと戻ろうとするが、ずっとククルを見て可愛い可愛いと言い動かない僕。

「えっと、ニア？」

「ね、あれちょっと眠たそうだよね。目がショボショボしているよ。可愛い～」

ずっと話し続ける僕にリオルが苦笑していると、ヒョイッと後ろからお腹に回った腕に抱き上げられる。

「ニア、そろそろ行くぞ。日が暮れる」

強硬手段に出たレンがそう言って、そのまま歩き出そうとしたため、慌てて降ろしてもらった。

そして、王宮に戻って夕食を振る舞ってくれたのだが、きっちりデザートにリュナの実を使ったタルトが出され、僕は泣く泣く食べたのだった。

「ニア、行くぞ」

そして、部屋に戻ると問答無用で浴室に連れ込まれる僕。

「待って、せめて先に入らせて……！」

やだやだと顔が熱くなりながら抵抗するが、レンにはどこ吹く風。服に手を掛けられて、逃げようとするが片手で抱き込まれてどうすることもできず。結局、さっさと脱がされて湯の中へと入れられる僕。僕を後ろから抱え込む様にしてレンも一緒に入った。

「気持ち良い……」

ほうっと息をつき、レンの胸にだら〜っと凭《もた》れる。湯は白濁しており、身体が見えないため少し安心だ。

「ねぇ、レンがレナード王としている話って、リオルのこと？」

顔だけで後ろを振り返り聞く。レンが何度かレナード王との話のために部屋を出て行くことがあったため、そう聞いてみた。ラント様から任されている仕事だけなら、何度も話し合いをする必要はない。あの人が作る書類は完璧《かんぺき》だから。だいたい、定型通りに言葉を交わして印を押し、契約完了となる。そもそも、ラント様のことだからすでにラモール国に話を通しているに違いないのだ。

だから、レンが何度もレナード王と話し合いをするっていうのは腑《ふ》に落《お》ちず、不思議に思っていた。

「あぁ、色々と思うことがあるようだ。ラモール国は、もともと友好国で先代には世話になったこともある。相談に乗っていたが、ニアの方が適役だったな」

……湯気で湿った毛で、獣耳が少し垂れていて可愛い。

「……ニア、聞いているか？」

苦笑してそう言われ、ハッとする。

「り、リオルのことでしょ。聞いているよ、うん。……リオルは大丈夫だよ。この国のこと、ちゃんと想っているしね」

動物のことも、民のことも、一緒に生きる上での約束や暗黙の了解、それらを理解し把握できているのはひとえにリオルのラモール国を愛する気持ちからだろう。恐らく、足りないのは覚悟だ。この国を背負うという覚悟。心ない言葉を投げかけてきたり、痛くない腹を探って来たり、善人ばかりじゃない中で一人上に立つのは恐ろしいだろう。でも、絶対に曲げられないものを持っていれば、それが指針となり道を照らしてくれる。だから、リオルは大丈夫。

「そうか。ならば、そうレナード王に言っておくか。……ニア」

「ひゃっ！　な、だめ……っ！」

レンの手が、腰から上に滑ってきて、胸の飾りに触れられてきたため、咄嗟《とっさ》にその手を掴《つか》む。

「リオルの相手ばかりだっただろう。私の相手もしてくれ」

首に唇を落とされ、チクッと甘い痛みに身体がビクつく。

「んっ、レン……っ！」

思わず振り向いた時に、レンの熱が篭《こも》った目に射抜かれ、息を呑んだと同時に唇を奪われる。開いた唇から、入ってきたレンの舌に僕のそれを絡められ、息ができなくなる。その間にも、体中を撫《な》で回され、くったりとレンに全てを預けていく。レンはそんな僕に嬉《うれ》しそうに獣耳を揺らし、僕を抱き上げるとタオルを被せ、浴室を後にした。


「ニアノール様、この者が夜会でデザートを担当した菓子職人です」

「は、初めまして、ランカンと申します」

萎縮《いしゅく》しながら、コック帽を両手で胸の前で持ち、頭を下げたランカンさん。僕は、笑顔で挨拶を返した。レナード王にレンが話を通しておいてくれたのだ。その時、レナード王は不思議そうにしていたらしいが、僕が菓子を気に入ったのだと伝えると二つ返事でその場を設けてくれた。

「ランカンさん、あなたの作る菓子はすごく愛らしいですね。一目見てとても気に入りました。味も素晴らしく、しっとりとした生地や甘さ控えめのクリーム、ついつい色々と手に取ってしまいました。あの動物の形はこの国で見掛ける子たちを見本としているのでしょうか。あと、あの立体的な形は……」

止まらない僕の言葉に、顔を青くしながらえっと、あの、と返せずにいるランカンさん。

「ニア、新しい菓子を作ったそうだ。休憩しながら話をしよう」

レンが僕の手を取って、ソファまでエスコートしてくれる。そのまま座らせられると、レンも隣に腰を下ろした。そして、使用人が入って来て、菓子と紅茶の準備をし終えると頭を下げて退室していった。僕の目の前には、この国で見たピノの形をした立体の焼き菓子と、丸い耳がつけられた大小の球体型の菓子が縦に重ねられており、ククルの親子を思わせるものが置かれている。

「あ、あの、ニアノール様が直接関わったことのある動物たちをモデルに、作らせていただきました……」

ランカンさんは、立ったまま緊張したように何度も汗をハンカチで拭《ぬぐ》っていた。

僕は、可愛い菓子に感激しながら、味をみる。舌に残らない絶妙な甘さに、しっとりとした生地。味も申し分ない。僕は、スプーンを静かに置くと、立ち上がってランカンさんに向き合った。

「あ、あの、何か不手際が……」

「ランカンさん。我が国でこれを売っていただけませんか？」

単刀直入にそう切り出した。

「えっ……!?」

ランカンさんは、予想もしていなかったらしく、目を白黒とさせてぽかんと立ち尽くした。

「ランカン、返事はお二方がこの国にいる間にもらえればいいとおっしゃっている。断っても、我が国が不利益を被ることはないと約束をして下さっているから、お前が望むようにすればいい」

レナード王は、衝撃を受けて夢心地のランカンさんにそう言った。

「え、あ、え……。あの、な、何故私の菓子を……」

しどろもどろになりながら聞かれたことに、

「ランカン、聞いていただろう。ニアノール様は、お前が作る菓子をとても気に入って下さったのだ」

レナード王が苦笑しながら答えた。

「……あ、ありがたいお言葉、ありがとうございます……！」

ランカンさんは、しばらく呆然《ぼうぜん》としていたが、我に返ったように、じわじわと顔に赤みが差していき、がばっと頭を下げた。

「ぜひ、お願い致します！」

その言葉を待っていた僕は、気が変わる前にさっさと事を進めてしまえとすでに用意していた書類を手渡した。もうすでに、レンはジーン国でランカンさんの菓子を扱う店を押さえてくれているのだ。もう後はごり押しして菓子を卸してもらうだけだ。絶対、僕の分も確保するんだと息巻く。

書類の説明をした後、レナード王の立ち合いのもとランカンさんがサインをして契約完了となった。心の中の何人もの僕は、ティースプーンを振りながら皆踊っている。ジーン国に帰っても、あの菓子たちを堪能できるのだ。こんなに嬉しいことはない。

ほくほくしている僕の内心に気付いているであろうレンが、僕たちのやり取りを面白そうに見ていた。帰国後、僕が開くお茶会では常にランカン印の動物菓子が並ぶことになり、それを見た令嬢や令息の間で流行ることとなる。そして、それを見た他の貴族や商人もこぞって買い求め、ラモール国は菓子輸出量が最大となり大きな利益を生むことになるのだが、ただ可愛い菓子を確保したい僕は知る由もないのだった。


……そして、楽しい時間は過ぎていき、帰国する日となった。

部屋で、荷物を片付けたり積んだりするのを使用人に任せて待っていると、ノック音が響いた。

「ニア、少し話したいことがあるんだけど。今、いいか？」

開いた扉の向こうには、リオルが立っていた。僕はレンに許可をもらって、アルを伴い部屋を出る。リオルは歩きながら、話し始めた。

「ニアたちが揃《そろ》って国を出たのは今回が初めてだって聞いた。どうして、この国を選んだんだ？」

僕は、その質問に首を傾げながら、

「僕がずっと行きたかった国だからだよ。前に言ったでしょ。僕はね、ずっと、ずーっと、ラモール国とジーン国には絶対行くんだって決めていたんだよ。そして、どちらかに移住するのが夢だったんだ」

リオルは、ふはっと笑うと、

「そっか。……もし、ラモール国から結婚の申し出があったら、受けたか？」

立ち止まって、僕を真っすぐに見てそう言った。

「うーん。もう僕はレン以外と一緒にいることは想像できないからなぁ。でもそうだね、受けるかどうかは陛下の判断にもよるけれど、行くことに関しては絶対、二つ返事で了承していたと思うよ」

「ニアらしいな。動物が好きなのは見ていてよく分かるよ。ニアを見掛けた国民たちも噂しているぜ」

そして、再び歩き始めたリオルは、前を見ながら、

「俺、この国を守っていくよ。対等にお付き合いよろしく頼むぜ。ニアノール王妃様」

そう言い切った。僕は笑って、

「もちろんそのつもりだよ。だから動物情報よろしくね。あと、珍しい動物がいたら教えてね」

「……それが目的だな？　このやろう。初めから、俺と仲良くしとけば後々良いこと尽くめだとでも思っていたんだろーが。……まぁ動物愛に免じて許してやるよ」

ニアもなかなか食えないやつだよなぁ、と苦笑するリオルに、

「あ、それとミャコにもちゃんと報告するんだよ。心配してリオルの部屋にいたんだろうし」

と続けると、驚いたように僕を見た。

「レナード王の部屋にいるって聞いていたのに、リオルの部屋にいるんだもん。あの子は賢いね。僕たちの言葉も理解しているし、リオルの心の内だって察していたんだよ」

ミャコは一見、リオルに心を許していないようだったが、どちらかというと聞き分けのない子に怒っているというような態度だった。レナード王がミャコにとっての主人なら、リオルは主人の子であり、ミャコにとっては面倒を見なければいけない存在なのだろう。リオルは結構前から迷って

いたようだし、ミャコはさっさと覚悟を決めろと圧を掛けにリオルの部屋にいたんだろうなぁ。

「あー……。そうか、そうだよな……。ミャコはなぁ、俺が小さい時から兄貴分でさぁ……。俺がでかくなっても変わんねぇんだよな……」

リオルは額に手を当ててそう言うと、ぶはっと笑い出した。

「はぁ、そういうことだったのかよ。道理で最近はよく俺の部屋にいるなって思っていたんだよ。心配させていたんだな……。触れさせてくれないのも、怒っていたからか……」

そう続けられた言葉を、

「いや、ミャコはリオルのこと下に見ているから、許可なく触れるなって意味だと思うよ。そこは関係ないと思うよ」

と一刀両断する。

あの態度のミャコを見れば一目瞭然《いちもくりようぜん》だ。あれは間違いなくリオルのことを自分より下に見ていると言っていたし、あの部屋にあった中では一番高そうなソファを占領していたし、使用人にも心を許していない。それは確実だろう。リオルを下に見ているから、それに仕える使用人だって下の者だと認識している可能性が高い。だから、言うことだって聞かないのだろう。うんうんと僕が頷《うなず》いていると、

「え、本当に……？　俺、ミャコより下なの……？」

ショックを受けたようなリオルの顔に、僕は目を見開いた。

「えっ、分かっていなかったの？」

「分かんねーよ！　でも、ニアにはすぐに懐いていたじゃんか」

あぁ、それは……。

「ミャコに会う前にレンといたからだよ。レンの匂いが少なからず付いていただろうし、庇護《ひご》を受けている子だって認識されたのだと思うよ。庇護を受けるような弱い守るべき存在だって思われたんじゃないかなぁ」

だから、来たレンに対して怒って僕を守ろうとしてくれたのだろう。レンは部屋に来た時、怒っていたから、恐らく僕に付いていた匂いとはまた異なっていた可能性がある。さすがに僕には分からないが、感情の機微で匂いが異なることがあるって聞いたことがあるし。でも、レンの言葉と匂いを確認し、レンが僕の庇護者だと分かったから下がったのだ。ミャコって本当に賢い。

「……なるほどなぁ。俺には特になかったんだけど、親父が他の動物に触れて帰って来た時、すごい剣幕で毛を逆立てていたことがあったんだよ。触れるって言っても、指が尻尾《しっぽ》に当たったぐらいだったんだぜ？　嗅覚《きゅうかく》がすごいことは知っていたけど、そこまで読み取れていたんだな」

感心したように続け、それからミャコとの出来事や、他の動物の話、ラモール国で生きて来た軌跡を聞きながら、僕たちは最後の時間を過ごした。

「世話になった。レナード王、これからも良好な関係を築いていけたらと思う」

「レンウォール陛下、願ってもありません。今後とも、よろしくお願いします」

レンとレナード王が握手を交わし、王同士の挨拶《あいさつ》が終わる。そして、僕たちは馬車に乗り込み、国民たちに手を振りながら帰路へとついたのだった。

「素晴らしい、ランカンさんの菓子について問い合わせが引っ切り無しにありますよ。あぁ、この羊毛で作った防寒着の輸出についても。新鮮なミルクはコクが全く違いますね、栄養価も高い。子のために求める者や、料理や菓子で使用したいと料理人たちからも多く希望が来ています。新婚旅行、お疲れ様でした二人とも」

ラント様は僕たちが持ち帰った書類に目を通し、さっさと各専門分野に振り分けるとあっという間にそれぞれの販路を見出《みいだ》しジーン国の富として還元させた。もちろん、それに伴ってラモール国にも問い合わせが殺到しているらしく、お互い利益を得ている。

そして、僕が僕のために確保したかったあの可愛い菓子についても、契約を交わす前にレンがラント様に確認していたためスムーズに事が運んだのだ。僕は嬉《うれ》しくて、ラント様にぜひ皆さんにも見てもらいましょうと唆されて来客や貴族の令嬢令息を招待した茶会に出していたら、あの菓子の品切れが続出してしまったのだ。僕の分も確保できなくなるほどの売れ具合に、僕は大いに荒れた。ランカンさんの菓子が売れて、良さが皆に理解してもらえるのは喜ばしいことだ、それは理解している。

……だが、それはそれである。

可愛いですねとラント様が褒めたことで僕の警戒心が緩んでしまったのだ。それが善意であればまだ僕も渋々ながら納得しただろう。しかし、相手はラント様だ。絶対に確信犯で、貴族の令嬢を通じてランカンさんの菓子を流行らせる算段だったに違いない。

僕はやりきれない思いを抱えながら、その辺の使用人に手を出しまくった。僕のマッサージ技術で蕩《とろ》けさせては獣姿に戻すという悪行を重ねた結果、ラント様より確実に菓子を確保できるルートをプレゼントされ、和解したのだった。レンは好き勝手していた僕に、見て見ぬふりを貫いていたというのに、ラント様と和解した途端に寝室に連れ込まれてシーツに縫い付けたのだ。横暴だ！と抗議すると、

「君の憂いは晴れただろう？　ならば、次は私の番だ」

意地悪気に笑って唇を落としてくるレンに、グッと言葉が詰まる。ラント様と僕の問題で、関係なかったとはいえ、他の獣人を触りまくりレンに嫌な思いをさせたのは事実。それに、僕の問題が解決するまで待っていてくれたのだ。そう考えると、何も言えなくなり、結局レンに好きなようにされてしまうのだった……。そうして、僕らの新婚旅行は幕を閉じたのだった。

――――ラントside

「私をダシにしてニアノール様を手籠《てご》めにするのはやめて下さいよ。陛下が言って下されば、ニアノール様があんな暴挙に出ることはなかったのですから」

ニアノール様が、動物を象《かたど》った菓子を気に入ったから輸入品に加えたいと陛下から伝達を受けた

時は、二つ返事で了承した。実際、利益になると思ったし、宣伝もニアノール様自身が茶会で出せばそれだけであっという間に広がるだろうとの目論見があった。見た目可愛い菓子を、同じく見た目可愛いニアノール様が茶会で振る舞い、手に取っている姿を想像しただけで、これは流行るだろうなという確信もあった。

ただ、ニアノール様は自分が欲しいだけで、欲がなかったのだ。まぁ、ジーン国の王妃が気に入っているというだけで箔《はく》が付き、十分ではあるのだが、それ以上も考えてもらわなければと、軽く唆したのが悪かった。

ニアノール様は、普段あまり茶会を開催しないため、こぞって貴族たちから問い合わせがあり、他国からも押し寄せてくるようになってしまった。そんな中で出してしまったものだから、予想通りというか、予想以上というか、大きすぎる反響を呼んでしまった。その弊害として、ニアノール様の分の菓子を確保することが難しくなってしまい、機嫌を損ねてしまったのだ。

この時に、陛下がその姿を活用してニアノール様を宥《なだ》めてくれてさえいれば、ニアノール様もあそこまですることもなかっただろうに。

ニアノール様は、こともあろうか使用人たちを片っ端から使い物にならなくさせて、自分が使用人の仕事をする始末。王宮内から、ニアノール様を止めてくれと苦情が殺到したのだ。そもそも、そんな暴挙に出た経緯も、ニアノール様が涙さながらに律儀に溢していたらしい。やられた、と思っても後の祭り。使用人たちはニアノール様の味方で、どうにかしてくれと泣きつかれてしまい、何とかニアノール様の分を確保できるルートをラモール国から取り付けて差し出したのだ。

ニアノール様の機嫌が直った途端、騒動の最中は傍観者を決め込んでいたくせに、ここぞとばかりに大義名分を掲げて、ニアノール様を好きに愛せるように事を運ばせた陛下。そのためだけに私に面倒事を押し付けてきたこの人に恨み言の一つも言ってやりたくなるもの。

「ニアを怒らせたのはお前だろう。私に当たるのはお門違いではないか？」

口角を上げて揶揄《からか》うように私に言ってくる陛下に、眉間《みけん》に皺《しわ》を寄せる。

「そうは言ってもですよ、ニアノール様の暴挙は予想の斜め上をいくのです。しっかり根回しして使用人を味方につけて情に訴え、自分の行いを正当化して訴えを押し通してくるんですよ。さすがといえばさすがですが、これをされる方は骨が折れるんですよ」

はぁ、溜め息が漏れる。ニアノール様のあの素質は王妃として必要不可欠であり、外堀を埋めて意見を通させる手腕は見事なものだ。だが、あくまで政治や事業など仕事面に対して発揮して欲しい能力であり、何故身内に発揮するのか。

ニアノール様の獣愛は生物以外の物にも及ぶことは知っており、そのためにニアノール様秘蔵の大事なコレクションが入っているケースを盾にしてラモール国に送り出したのだ。我が国が不利益を被るような言動をニアノール様がするとは思っていないが、念のために。

だが、聞けばそれはニアノール様の愛する獣たちの一部や贈り物などであり、正直なところ、形作られただけの菓子にその狂愛の片鱗《へんりん》が向けられているとは思いもせず。茶会で話題になればいいとは思っていたが、ニアノール様の機嫌を損ねるに至るとは考えが及ばず。言い訳をさせてもらえるなら、完全に誤算だったのだ。

「私としてはどちらに転んでも構わなかったからな」

陛下の言葉に、私は眉根《まゆね》を寄せる。

「どうせ、泣きついて来るようなことがあれば慰められるからでしょう。ニアノール様が泣きつくように見えますか。あの狂愛が絡むと意思を押し通すために手段を選ばない人ですよ」

私はエルフ族であり、獣人ではない。そのため、ニアノール様の機嫌を損ねると機嫌を取るのに苦労するのだ。陛下や使用人たち、騎士など、王宮内で働く者は獣人ばかりであり、何をしようとニアノール様が怒ることはないに等しい。まぁ、その代わりにニアノール様に好きにされて、獣人として辱めを受けることはあるのだが、そんなもの可愛いものだ。

「私も獣耳でも生やせば、ニアノール様から優しくしてもらえるのでしょうかねぇ」

やれやれと肩を竦《すく》めると、

「フッ、獣耳を生やそうが同じだろう。ニアのあれはお前のことを信頼しているが故の甘えだ」

面白そうにそう返される。

……ええ、ええ、分かっていますとも。

ニアノール様が、私のことを何より信頼してくれていて、私であれば無理難題な我儘《わがまま》でも聞き入れてくれるだろうと思っていることは。ニアノール様が命よりも大事だと豪語するコレクションの入ったケースを私に預けられていることも、その証明だ。ニアノール様は獣狂いを自覚する前から、王族として生きてきたお人だ。だから、国が為に尽くす者は誰であっても尊重し信頼を置いている。私は特に長寿であるから、先代にも先々代にも、そのまた前の国王にも仕え、長年ジーン国が為に尽力してきた。そんな私に敬意を示され、信頼を得ていることは自覚しているのだ。それに関しては、まんざらでもない自分もいる訳でして。まぁ、だからこそ……。

「本当に、仕方がないですねぇ……」

結局、私が折れるしかないのだ。そんな私を見て笑った陛下が、ふと窓の外を見た。

――バサッ！

鮮やかな青い色の羽をした鳥が羽ばたきながら窓枠に足を掛けたのを見て、私はその窓を開ける。

「戻ったのですね。どうぞ」

部屋の中へと入って来たその鳥は、バサバサと数回羽ばたかせたかと思うと、一瞬で人型を取った。

「……陛下、宰相様、ただ今戻りました」

人型を取ると、獣人とは分からない容貌《ようぼう》。その者は、二人に頭を下げると報告を口にする。

「陛下、またそんなことで偵察させたんですか。ラモール国にも偵察に行かせて、ニアノール様の好むだろう情報を探らせましたね。職権濫用しすぎではないですか？」

私はその者の報告を聞いて、苦言を呈する。

偵察部隊の者は、獣人であることを利用して身を紛れ込ませることが多い。鳥人は、獣人とは少し異なり、鳥の姿をとることができる者は少ない。この者は優秀で、鳥の姿で様々な国や人物を調べ、諜報《ちょうほう》活動を行っている。ニアノール様にはこの諜報機関のことは教えていない。恐らく感づいてはいるのだろうが、それを聞いてくるほど浅はかではないし、王家の影を担う存在を理解されている。陛下が伝えると決めた時に、ニアノール様は知ることになるだろう。

ラモール国での契約内容や、あのニアノール様お気に入りの菓子の輸入についてもこの者が伝達してくれたため、スムーズに段取りができたのだ。空を飛ぶ者は連絡が早いため重宝している。だが、機密事項も運ぶことになるため、生半可な覚悟では務まらない。情報収集、漏洩《ろうえい》防止、偵察、徹底的に訓練を受け、国が為に一生を捧《ささ》げる者たちだ。

「いえ、王妃のためだとお聞きして、偵察部隊の中から私がその権利を勝ち取ったのです」

そんな者が、真剣な顔でそう発言したため、ここの者は盲目的にニアノール様を崇拝しすぎではないかと呆《あき》れる。

「最重要任務だろう」

……陛下は少し面白がっていますよね。

獣人という種族は、強者こそ正義であるという考えが強い。そして、その圧倒的強者である陛下のこともまた崇拝し敬意を示す者が多く、その陛下が選んだ番であるニアノール様にもそういった感情を持つ者が多いのだ。ニアノール様の獣愛を都合よく捉《とら》えてくれている者が多いため、仕方がないとは思うのだが、鳥人であってもその思考は同じなのか……。

「それにしても、もう少し客観的に見るべきだと思いますがね……」

これだから獣人は……。私だけでもしっかり物事を俯瞰《ふかん》して見ていく必要があると心を決め、この国のためにも獣人になるわけにはいかないなと苦笑するのだった。

――――とある貴族side

ジーン国の王妃であるニアノール様が茶会を開くとの知らせが回ってきた時。私はすぐに参加したいことを記して手紙を送った。その後、参加希望者が多く、調整するから待つようにとの旨が書かれた返信が届いた。私は、今か今かと待ちながら、ようやく来た招待状を開き、書かれている日時を確認するとすぐにその日の予定をキャンセルするようにと調整していく。

そして、茶会当日。招待状を見せて王宮内へと入っていく。ドキドキと高鳴る鼓動を抑えて、緑と色とりどりの花が咲く王宮庭に案内される。すでに他の者もおり、ニアノール様と挨拶《あいさつ》を交わしている様子を見て、自分も近付く。

「ようこそいらっしゃいました。堅苦しい挨拶は抜きにして、どうぞ楽しんで下さい」

女である自分よりも少し小さい身長と可愛らしい顔立ちのニアノール様。人族とあって、私たち獣人とは違う華奢《きやしや》な体格で、庇護《ひご》欲が湧いてくる。そんなニアノール様は、獣人である我が国の頂点、レンウォール陛下の番となられた方だ。それに、自分とは種族の異なる私たち獣人を愛してくれる聖母のようなお方だと。一度見掛けたことはあったが、対峙《たいじ》するのは初めてのため緊張していた。だが、掛けられた声は優しくて、目を合わせて微笑むニアノール様はとても愛らしい。何とか挨拶を返し、その場を後にしようとした時。

「おや？　尻尾《しっぽ》が……」

ニアノール様の声が聞こえ、バッと慌てて自分の尻尾を背に隠す。貴族としてあるまじき品を失った行動にハッとして謝罪しようとした。

「幸運の鍵《かぎ》をお持ちなのですね、素敵な尻尾だ」

だが、私は続いたニアノール様の言葉に固まった。

「幸運の鍵……？」

思わず、言われた言葉が口に出てしまい、口元を手で覆う。そんな私を不思議そうに見たニアノール様は、

「ええ、僕の生まれた国では、あなたのような尻尾を持つ子たちをそう呼んでいます。幸せを引っ掛けてくる、幸運の鍵を持つのだと」

何でもないようにそう続けた。そして、「少し触れても？」と。私は信じられないまま、コクコクと頷《うなず》き隠した尻尾を前へ。ニアノール様は、愛しそうに微笑み、尻尾を優しく撫《な》でて下さった。

私は感激して二の句が継げないでいた。

そんなこと、今まで言われたことなどないのだ。私の尻尾の先は生まれた時から曲がっていて、獣人の中では劣等種だと言われてきた。私は貴族という立場に生まれ、力も弱くはなかったため蔑《さげす》まれることはなかったが、この尻尾は見せびらかしたいものではなく、どちらかというと隠せるような服を着たりと出さないようにすることが多かった。陛下のような、真っすぐ筋が通り、先までピンと立つ尻尾が最上の美とされている中、私の尻尾はそれとは程遠い。幼い頃から、この尻尾は

私のコンプレックスとなっていたのだ。だから、ニアノール様が言った言葉が頭から離れず、理解するまでに時間が掛かってしまった。

「幸運を、運ぶ……」

「そうですよ。今日この時に幸運を運んで来てくれたあなたに、感謝を」

ニアノール様にそう言って微笑まれ、私は呆然《ぼうぜん》としたまま慌てて頭を下げて今度こそその場から離れた。そして、ニアノール様の言葉を理解した時、顔が熱くなってくる。

……幸運の尻尾だなんて！

今まで好きになれなかった自分の尻尾を、初めて誇らしいと思えた。我らが王の番となったニアノール様。そのお方から、この尻尾を褒めてもらえたことが何より嬉《うれ》しい。そして、他の貴族や招かれた客たちも、私たちの会話を聞いていたようで。少し騒めいていた気がするが、私の耳には入らず気付かなかった。そして、ニアノール様がそんな私を見て微笑んでいたことも。

茶会が進むにつれて、出されたお菓子が可愛くて目を丸くする。動物を象ったものは他にもあるが、これは立体的で、皿の上には花や木に見立てた菓子も盛り付けられており見た目も愛らしく笑みが漏れる。小動物が皿の上で休んでいるような、遊んでいるようなコンセプトの楽しいものだった。また、ニアノール様がその立体的な小動物の菓子が載った小さな皿を満足そうに持っている姿が何とも可愛らしく、私たちはずっとその様子を見ていたいと緩む頬を抑えられなかった。

楽しい茶会も終盤を迎えた時、私は思い切ってニアノール様にこの可愛らしい菓子はどこで売っているのかを聞いてみた。

「これはラモール国の職人が作っているのです。先日、陛下と赴いた時に一目惚《ひとめぼ》れしてしまって」

ラモール国、それは陛下とニアノール様の新婚旅行で行ったと言われている国だ。それを知って、陛下とニアノール様の思い出のお菓子……！　と感激して、この国でも売る手筈《てはず》を整えていると知り、絶対に手に入れると決意した。

だが、そう考えていたのは私だけではなかったらしく。王と王妃の思い出の菓子を求める声が国中で多く上がって、販売されるや否や即完売。予約するも半年待ちとなってしまい、泣く泣く待つはめになった。茶会でニアノール様と話し、実際にその愛らしさを見た者たちから噂は回り、どうしても手に入れたい者たちで溢《あふ》れてしまったのだ。

そして、茶会から周囲の私を見る目も変化した。ニアノール様の言葉はその場にいた者たちも聞いており、その話もすぐに知れ渡ったのだ。私と同じように尻尾の先が曲がっている者たちは、幸福の鍵を持つと言われているのだと。私は自分の尻尾を隠さなくなり、好きな服を着るようになった。それが何よりも嬉しくて、自分が思っていたよりも気にしていたのだと実感した。王妃の一言が私たちの価値観を覆したのだ。それにより、何人の者が救われたのか。私にとっては、現ジーン国王家に生涯仕えたいと思う大きなきっかけになったのだった。

――――別場面、王宮では

「他の者の尻尾を褒めたらしいな、茶会で」

「うん。あんなに可愛い尻尾を劣っていると思っているだなんて許せないよ。あんなに可愛い尻尾をだよ!?」

「ニア、私以外の者の身体を褒めるとは、まだ誰の番になったのか理解できていないらしいな」

「え!?　これ褒められる流れじゃないの!?」

「君なら他にやり方はあっただろう。実際に本人に言うことで広まった噂に信憑性《しんぴょうせい》を持たせるためだろうが……」

「そう！　ちゃんと僕も考えて……」

「それ以上に、曲がり尾を見たいとか、あわよくば触ってみたいと考えていたな？　使用人からは、触れていたと報告を受けたぞ」

「そっ、そんな、そんなことは……ちょ、ちょっとだけなら、許してくれるかなって……」

劣等感に悩んでいる者を救うためであろうと、自分以外が褒められ触れられていたと聞くのは良い気分ではないレンに言い当てられて視線を泳がすと、抱き上げられそのまま寝室に連れ込まれたニアだった。

あとがき

　この度は、数ある中でこの本を手に取っていただきありがとうございます。書籍化のお話をいただいた時は驚きましたが、とても嬉しく思いました。

　驚いております。どこでこうなってしまったのだろうかと考える日々です。自分からこの主人公が溺愛物が好きで、ただただ愛されて欲しいと思いながらも癖のある主人公になってしまい、私も生まれたとは到底思えません。狂ってるな〜と思いながら、でも好きな気持ちが限界突破している人ってだいたいこんな感じだよなとも思っております。周りが見えていないというか、好きなことに対して一直線というか。他のことは二の次になるんですよね。みんなそうなりますよね、好きなものに関しては。きっとみんなそうだと思います、だから後悔はないです。

　心の中の何人ものニアは、想像するだけで可愛いなと思いながら書いていました。小さいものがワラワラと集まって何かをしている様子って、もうそれだけで可愛いですよね。そう思えば思うほど、可愛いな〜と思ってしまい、気が付けばいっぱい出してしまいました。小さいニアが大量に発生する事態になってしまいましたが、まぁ可愛いからいいか、と開き直りました。ニアの心情に合わせてたくさん出てきますが、あれは可愛いと思ったただの私の趣味です。

個人的にはアルエードがお気に入りです。ニアの前ではポンコツなのですが、これでも仕事は出来るやつでして。でもニアが第一で、生涯をニアのために費やします。そのことに関しては、アルエードにとって当たり前のことであり、それが最上級の喜びなのです。そして、ニアにとって絶対的な味方で、絶対的な信頼を持つ人物でもあります。そういう者が好きです。アルエード、好きになってもらえたら嬉しいです。

小説を書籍化するにあたって、挿絵を描いていただいた高星麻子《たかぼしあさこ》先生、本当にありがとうございました。書きながら、ニアもレンも何となくのイメージしかありませんでしたが、先生の描いたニアとレンを見て、あ、これが二人だ！　とボヤボヤしていた二人のイメージが一気に鮮明になりました。それと同時に、こんなに可愛く、格好良く描いていただけてすごく感動しました。こんなに可愛くて格好良かったんだ！　と一人興奮しておりました。可愛いニアと格好良いレンの二人の姿を見る事ができてとても嬉しいです。他の登場人物も描いていただけて、想像以上の仕上がりにニヤニヤが止まりません。描いていただいた登場人物たちが私の頭の中で、楽しそうに動き回っております。素敵な絵を描いていただき、感謝の気持ちでいっぱいです。

また、小説の書き方も何も分かっていない初心者が書いたものを、修正して綺麗《きれい》にしていただき、担当の方から、携わっていただいた方々には感謝しかありません。うわ、ちゃんと小説になっている……と完成した文章を読んで驚きました。私の書いたものがこんなにちゃんとした小説になって、世に出るとは、人生何があるか分かりませんね。ええ、はい、まだちょっと夢心地です。

題名から、どのような話なんだ？　と思われた方もいるかもしれません。しかし、ただただ平和な世界で、それと共に溺愛があり、好き過ぎるものがある主人公が日常を送るというお話の本です。ほのぼの話です。少しでもクスっと笑って楽しんでいただければ幸いです。

Ruby collection

獣狂《けものぐる》いの王子様《おうじさま》

2024年12月27日　初版発行

著者　おはぎ

発行者　山下直久

発行　株式会社KADOKAWA
〒102-8177
東京都千代田区富士見2-13-3
電話：0570-002-301（ナビダイヤル）
https://www.kadokawa.co.jp/

印刷所　株式会社暁印刷

製本所　本間製本株式会社

デザインフォーマット　内川たくや（UCHIKAWADESIGN Inc.）

イラスト　高星麻子

初出：本作品は「ムーンライトノベルズ」（https://mnlt.syosetu.com/）
掲載の作品を加筆修正したものです。

ISBN 978-4-04-115750-3　C0093　Printed in Japan